新 潮 文 庫

あなたとなら食べてもいい

食のある７つの風景

千早茜　遠藤彩見
田中兆子　神田茜
深沢潮　柚木麻子
町田そのこ

新 潮 社 版

11526

目次

あなたとなら食べてもいい

食のある7つの風景

千早茜
遠藤彩見
田中兆子
神田茜
深沢潮
柚木麻子
町田そのこ

千早　茜

くろい豆

千早茜　Chihaya Akane

1979（昭和54）年、北海道生れ。2008（平成20）年、小説すばる新人賞を受賞した『魚神《いおがみ》』でデビュー。翌年同作にて泉鏡花文学賞、’13年、『あとかた』で島清恋愛文学賞を受賞した。

秋に届く豆がある。

受け取ると、すぐに箱を開ける。中にはかさついた太い枝が束になって入っている。ところどころ土で汚れており、一見食べ物には見えないけれど、よく見ると莢《さや》におさまった豆が鈴なりについている。

台所の床に新聞紙を広げ、枝から莢をひとつひとつ切り離していく。枝は枯れているように見えるのに、鋏《はさみ》の音と共に植物の青臭いにおいが台所に散らばっていく。莢は普通の枝豆より大きい。くすんだ緑色をしていて、あちこちに茶色い斑点《はんてん》がある。すこし汚い。けれど、これが黒枝豆の特徴。毎年、この時期になると京都は丹波から収穫したてのものが送られてくる。

新鮮なうちに茹《ゆ》でてしまうのが一番おいしい。私の大好物だ。大ぶりの鍋に水を張りコンロにかけ、莢のうぶ毛を粗塩でこすり落とす。

新聞紙と枝を片付けていると、ふと箱の伝票が目に入った。送り主は見なくてもわかっている。けれど、印字されたその名前は別人のように思えた。フルネームで呼ぶことなどないから当たり前なのだけど、一緒に暮らしている人が違う名字であることを見せつけられた気がしてかすかに胸がざわついた。

鍋の蓋がかたかたと揺れはじめる。

件名に「えだまめ」と入れて、送り主の誠一に「もうゆでちゃうよ」とメールを送る。私に負けず劣らず食いしん坊の彼だ。今日はビールの袋を片手に早く帰ってくることは知っている。

私たちの仲は食べ物がとりもっていると思う。帰りを急《せ》かすメールも食べ物にかこつければ重たくならない。

はじまりもそうだった。仕事の関係で知り合い、飲み会で行った居酒屋の帰り道が同じだった。その居酒屋がひどかった。仕事だろうが、どんなに安かろうが、私は食べ物に関してだけはお金に見合っていないと無性に腹立たしくなるタイプだ。

お通しが枝豆なのはつまらない、しかも冷凍のなんて最悪。

酔った私がそう文句を言うと、つまらなくない枝豆もあるよ、と彼が言った。そして、食べることが好きなんだね、と目尻に皺《しわ》を寄せて笑った。夏の終わりの晩だった。

黒豆の枝豆って知ってます？　ぼくの故郷にあってね、旨《うま》いんですよ。食いでがあって。

声が夜《よ》闇《やみ》に馴《な》染《じ》んでいた。すぐに敬語に戻ってしまったことがほんの少し物足りなく感じた。

秋になった頃、枝つきの黒豆が送られてきた。そのお礼に食事に誘い、飲食店の情報交換で度々メールをするようになった。相手が食に興味があると知っていれば食事にも誘いやすい。他意は最初からあった、と思う。お互いに。けれど、他意のないふりをして近づいて、寒くなる頃に鍋を口実に家にあげた。彼は辛口の日本酒を持ってやってきて、朝は鍋の残りで雑炊を作ってくれた。俺の家では最後にポン酢をひとたらしするんだ、と言いながら器によそって揉《も》み海苔を散らした。二日酔いだったのに雑炊はするすると入った。

渡辺さんが誠一郎さんになり、長くて呼びにくいからと呼び捨てになり、やがて「せいいち」と平仮名の柔らかさで呼ぶようになる頃には、すっかりうちに居ついていた。カメラマンという職業のせいか、ひと回りも上には見えなかったし、大きな体でごろりとくつろぐ様子は犬のようで妙に安心した。そう、犬を拾ったくらいの楽な気持ちだった。あの頃は。

軽く頭をふる。普段は忘れているのに、黒豆が届くと誠一とのなれそめがありありと思いだされてしまう。

ぐらぐらと沸いた湯に莢を一気に入れる。さあっとサツマイモの皮のような紫色に湯が染まる。くすんだ色の莢も明るい緑色になる。紫と緑のコントラストが鮮やかだ。

けれど、美しいのは一瞬だけ。すぐに湯は黒ずんでいき、茶色いあくが浮きあがってくる。

皮肉なことに、誠一との関係に決定的な影がさしたのも、この黒枝豆が原因だった。

出会って一年後の秋、ぱちんぱちんと枝から切り離している時に誠一が言ったのだ。

「なおは食べることにマメだよね。女房は面倒くさがるからなあ」

その言葉で知った。

隠していたつもりはなかったのだろう。それは半身を起して私を見つめる目でわかった。その場で嘘つきと罵《ののし》って別れるには、誠一は私の生活に食い込みすぎていた。

そうか、奥さんがいるのか。

そこで思考は麻痺《まひ》してしまい、それがどういうことを意味するのかに繋《つな》がらないまま、私はぱちんぱちんと鋏を動かし続けた。

黒枝豆の茹で時間は長い。八分から十分くらいかかる。あくをすくいながら吹きこぼれないように湯を見つめる。ぶくぶくと弾《はじ》けるあぶくに思考が呑《の》み込まれていく。

誠一との関係は変わらなかった。私は毎年恒例の贈り物をせっせと茹で、誠一はそれをおいしそうに食べた。私も負けじと食べた。最初は意地だったのかもしれない。けれど、人は慣れるもので、いつの間にか影にも慣れた。今はもう、私も純粋においしいという理由だけで丁寧に下処理をして口に運んでいる。

頃合いをみてザルにあける。湯気がもうもうとたって視界がかすむ。素早く氷水にくぐらせて多めに塩をふり、ざっざっと枝豆を放りあげるようにして揺する。味見をしようと摘《つ》まんだ瞬間、玄関が閉まる音が聞こえた。

足音が近づいてくる。荒々しくて無遠慮なのに、どこか憎めない足音。

「おっ、ちょうどだったな」

誠一が顔を皺だらけにして笑う。なんの曇りもない笑顔。

「こっちもちょうどビールが欲しいなと思ったとこ」

笑い返す。誠一の手にある小さいほうのビニール袋から芳《こう》ばしい油の匂いがした。

「あ、コロッケ？」

思わず叫んでしまう。駅近くの商店街にある肉屋のだ。注文してから揚げてくれる。

「ビールに枝豆ときたら油もんだろう」

誠一は褒められた子どものような顔をした。

薄墨色の皮をまとった大粒の豆は柔らかく、甘い。どの粒もふくふくとよく肥えている。ちょっと茹ですぎたようで、いつもより一層とろりとしていた。なにかに似ている。

しばらく無言で口に黒枝豆を運んだ。深い器が空になった莢でみるみる埋まっていく。手に取る、押しだす、口に含む、咀嚼《そしゃく》しながら次のを手に取る。単調な繰り返しがえんえんと続く。飲み込んでいるのはこちらなのに、食べるという行為に呑み込まれていく気がする。

「こんなに茹でたの？」

誠一がやっと言葉らしい言葉を発した。そう言いながらも枝豆を摘まむ手は止まらない。私も誠一も好きになると飽きるまで同じものばかりを食べる偏食的なところがある。

「他になにも作ってないもの。さっき帰ってきたとこ」

「土曜なのにお疲れさん」

大きな手がぽんと頭におかれる。が、すぐに手はザルに伸びていく。

「ついつい食べてしまうな。腹が豆でぱんぱんになる」

なにが可笑《おか》しいのか誠一は笑っている。

「やっぱ、なにか作る？」

「いや、中途半端な時間に食べちゃったしさ、実はそんな腹へってなくて」

「私も。今日は枝豆だけでのんびり晩酌する気だった」

俺も、と言うように頷《うなず》きながら新しいビールをあける。

「明日は休み？」

「うん、ちょっと姉とお茶してくる」

「そっか、俺は仕事だな」

「知ってる」

「昼前にはでるよ」

「うん」

カメラマンの誠一には決まった休みはない。たいてい毎日アトリエ兼事務所に行く。

会話が途切れた。

「やっぱり、ちょっと茹ですぎたかも。量じゃなくて時間ね。なんか豆というより芋みたいになってる」

芋と口にした途端、なんだか懐《なつ》かしい味がよみがえった気がした。けれど、思いだせなかった。

「どうした？」

「いや、小さい頃に父がこんなの食べていたような気がして」

「へえ」と、誠一は目元だけで笑ってコロッケを手に取る。さくりと軽い音がして無精ひげに小麦色のパン粉が散らばる。誠一は家族の話にはあまりのってこない。私も気づいているけど追及はしない。

「あー腹ふくれてきた。ちょっと休憩、休憩」

喉《のど》を見せてビールを空けると、誠一はだらしなく床に転がった。

「もう、一気に食べるからだよ」と声を尖《とが》らせても、仰向けのまま笑っている。そのまま背中で這《は》っていき、ベランダに通じるガラス戸をあける。ひんやりとした空気が流れ込み、部屋が湯気で蒸していたことに気づく。

ふっくらしたあたたかい豆をひと粒ひと粒口に含みながら、誠一を眺めた。目が疲れているのだろう、瞼《まぶた》の上に腕を乗せている。よれたシャツの裾《すそ》からのぞくたるんだ腹、白髪混じりの髪、笑わなくても皺が目立ちはじめた肌。お世辞にも格好良くはない。もう五十だものなあ、と思う。齢の分だけ確実に劣化している。

カメラマンは体力のいる仕事だ。目も腰も年々しんどくなるよ、とよく言っている。昔はよく撮影で海外へ行って数か月帰ってこなかったり、展示であちこちの都市をまわったりと活動的だった。けれど、最近はあまりアトリエから離れない。仕事がきたら受けるが、週のほとんどは芸大で講師をしている。

老いのスピードを早めた誠一を侮《あなど》る気持ちがある。侮りは安心に繋がっている。誠一を眺めながら、私は意地の悪い安堵《あんど》を味わう。

誠一の奥さんを見たことはない。気配を感じたこともない。私と出会う前にはすでに別居していたようだ。けれど、まだ離婚の意味もわからない齢の子どもがいたから、戸籍上は夫婦のままにしておいたそうだ。奥さんは年上らしく、よくは知らないがけっこうなキャリア職らしい。若い頃は誠一の方が養ってもらっていたくらいで、今も経済的な問題はないという。

なんで離れたの、と問うと、「いろいろ合わないことに気づいてね」と言った。それから、がしがしと頭をかいた。言葉を探すときの癖だと後になってわかった。

「女房はさ、酒が呑めないやつでね。呑むと堕落だって言うんだよ。そう言われると、ほら、まずくなるだろ。で、だんだん帰らなくなった」

それだけで、と思って呆《あき》れたが、さすがにそれだけではないだろうと思い直した。それ以外の理由を言いたくないのだな、と気づき、黙ったままでいると、ぽつりと言った。

「君といると楽しい」

なにそれ簡単すぎる、なに甘えているの。そんな悪態が頭をよぎったけれど、単純な言葉は自尊心を満たしていた。事実、私も誠一といると楽しかった。

まあ、何かきっかけがあるまで。そう思った。こんな不自然な関係だったらいつか何かが起きるだろう。何かあったらその時にけじめをつければいい、と自分に言い聞かせた。けれど、きっかけはやってこなかった。

膝《ひざ》で歩いて近づく。寝てしまったのだろうか。いつからか酔うとすぐ寝てしまうようになった。横たわる誠一の上にぴったり体をつけて乗ってみる。

「重いよ」

誠一がビールの匂いの混じった呻《うめ》き声をもらした。

「本当に？」

「いや、嘘。なおはちっとも太らないからな」

「誠一は熊みたいだよ。そのうち、トドになるよ」

「はいはい。あ、腹に重心かけないで。豆、でる」

「だしてだして」と笑ってからひとしきり揺れて、体の力を抜いた。

ぐったりと重なったまま、「しない？」と訊《き》く。

「こんな腹いっぱいじゃする気になんないよ。そういうことはね、食べる前に言わないと。俺ももう齢だからね」

誠一はおじいさんぶった声でよどみなく言った。

最近の私たちはあまりしない。夜はこうやってお酒を呑みながら好きなものを食べて、ぐずぐずと溶けるように寝てしまう。満腹になると気持ちが丸くなる。悩ましいことも難しいことも不安なことも明日考えればいいやという気になる。ただ、しなくなったのは食欲が満たされたからとか、齢だからという理由ではないと思う。いつでもできると思っているからだ。きっと互いに侮っている。

言葉を呑み込み、目を閉じる。酔いが思考をどこかに流していくのを待った。誠一が身じろぎするのが伝わってきた。

「したいの？」

「ううん、なんかちょっとさびしいだけ」

言ってはみたものの、本当は私もそんなにしたいとは思わない。最初の頃にあった激しいものは確かに去っている。もうセックスでは絆《きずな》を確かめられない代わりに、毎晩こうして晩酌をするのかもしれない。それがわかっていても、埋められないものはあるけれど。

「満腹ってなんかさびしいね」

もう一度言うと、「そうかなあ」と笑い「ほら」と手を伸ばしてきた。誠一の横に体を移動させる。指をからめる。フローリングの床が少しつめたい。

外から細い虫の声がした。川のある街が好きだ、と誠一が言うからこのマンションに越した。誠一のアトリエもここから自転車で十分ほどの場所にある。

「秋はいいなあ、空気清浄機もエアコンもいらない」

のんびりと誠一が言った。繋いだ手があたたかかった。

いつの間にか寝てしまっていた。

途中、カラカラとガラス戸の閉まる音で薄ら目が覚めた。身を起しかけると毛布が肩をすべったので、また腕枕をして床に伏した。部屋は薄暗く、机の上でパソコンのモニターが青白く光っていた。濁った水の音と英語のナレーションがかすかに聞こえた。またか、と思った。

誠一はよく自然のドキュメンタリー映像を見ている。特に湖の生態系ものを好む。アフリカの広大な湖で孵化《ふか》した大量のボウフラが龍のような蚊柱になる様子や、巨大ナマズの子育てなんかを興味深そうに眺めている。湖に棲《す》む生物の逃れようのなさに惹《ひ》かれるらしい。彼らは限られた環境の中で自分の種族をより多く残すために、他の種を騙《だま》したり、自らの生態を変えたりする。子育てをするナマズがいれば、こっそりナマズの卵と自分の卵をすり替える魚が現れる、といったように熾烈《しれつ》な知恵比べが展開される。

私はどうもそういう番組の面白さがわからなかった。わからないどころか見ていると落ち着かない気持ちになってくる。なんだか無慈悲で疲れるのだ。「むじひ」と誠一は笑った。人の世界だって無慈悲じゃない、とでも言いたげに。

背中を向けたが、ナレーションは続いている。部屋に誠一の姿はない。トイレかお風呂か、いや、静かだからコンビニに煙草《たばこ》でも買いに行っているのかもしれない。なんにせよ、ここにはいない。

低いノイズと反響する水音に耳を塞《ふさ》いだ。そうだよ、人の世界も無慈悲だよ。きっと、すべては無慈悲だから、そんな詳細を私はわざわざ知りたくないの。誠一どこに行ったのかな、早く帰って消してくれないかな。それより、ベッドに行かなくちゃ。化粧も落とさなくちゃ。

そんなことをぐるぐる考えるうちに、また眠気に呑み込まれていった。

夢の中で黒いナマズと目が合った。ナマズはのったりとした動きで卵を産んでいた。卵は無数にあった。ナマズはいくらでも産んだ。湖の底を埋め尽くす気でいるのだと、なぜかわかった。途端に背筋がぞっとした。

湖は海のようだった。ちっぽけなナマズに比べると、あまりにも広かった。それでも、ナマズは諦《あきら》めることなく卵を産んでいた。その際限の無さが怖かった。どうして続けられるんだろう。報われることなんかないのに。きっと心がないからだ。心が行為に呑み込まれてしまっているからだ。

ナマズが私を見上げた。黒く平べったい目をしていた。もうどこにも心がないのに、ただ生きている。それってなんだか――

浮かびあがるように起きた。

プリンターの唸《うな》りが聞こえた。心臓が早鐘を打っている。やがて、床で固まった体のあちこちが痛みだした。

首を揉みながら起きあがると、パソコン画面が目に入った。パステルカラーの見慣れない店内写真。すぐに果物の画像に切り替わっていく。色彩が鮮やかで妙に眩《まぶ》しい。目を細めると、プリントアウトした紙を持った誠一がふり返った。

「おお、起きたか。そろそろ起こそうと思ってたよ」

喉が渇いた、と言おうとしたがうまくいかなかった。けれど、誠一は唇の動きを読んで水を持ってきてくれた。

台所に行く前に誠一はパソコンを消した。いつもならつけっ放しにするくせに。

洗面所で化粧を手早く落とすと、ベッドにもぐった。誠一もついてきた。すぐに暗闇から鼾《いびき》が聞こえてきた。

今度はなかなか寝つけなかった。


次の日、誠一を見送るとすぐパソコンの電源を入れた。

コーヒーを片手に履歴を次々とクリックしていく。石窯《いしがま》のピッツェリア、有名人がプロデュースした有機野菜の店、イートインできるパティスリー。一度も一緒に行ったことがないばかりか、縄のれん赤提灯《あかちょうちん》の居酒屋が好きな誠一だったら眉を顰《ひそ》めそうな店ばかりだった。基本的に誠一は煙草を吸えない店には行きたがらない。おまけにお洒落《しゃれ》すぎる店も居心地が悪いと嫌がる。

昨夜、ちらりと見えた画像は老舗《しにせ》の高級果物屋が最近はじめたフルーツパーラーだった。生フルーツを使ったパフェやケーキが人気の店だ。

古い携帯を使い続けている誠一は待ち合わせや新しい店に行く時は必ず地図をプリントアウトする。

コーヒーカップを流しに置いて、身支度を済ますと家を出た。

電車に乗り、地下鉄に乗り換える。車内は若い人が多く、いつも会社に行く時とは違う乗り物に乗っているようだった。休日に出かけるとこんなにも景色が違うとは思わなかった。着古した紺色のジャケットが気になった。秋色のストールでも巻いてくれば良かった、そろそろ冬靴に変えなきゃ、などと考えているうちに駅についた。

地下鉄の灰色の階段を上ると、お洒落なサロンや路面店が立ち並ぶ街だった。街路樹の銀杏《いちょう》が色づきはじめている。こういう街には滅多に行かない。誠一は一般的なデートスポットやオープンカフェを好まない。行きたいと言えば付き合ってはくれるだろうけど、私も望んだことはない。

若いのに落ち着いているところがいい、と言われたことがあった。自然にその言葉に寄り添ってしまったのかもしれない。

フルーツパーラーはすぐにわかった。長い行列ができていたからだ。

足を止めると、サロンを巻いた店員が、ただいま二時間待ちとなっております、と申し訳なさそうに笑顔をよこしてきた。美味《おい》しいものには目がないけれど、並ぼうとは思わない。私も誠一も流行《はやり》の店には是が非でも行きたいというタイプではない。

背中を向けようとした時、行列の間からぬっと大きな男が出てきた。若い女性客ばかりの中で明らかに浮いている。誠一だった。

誠一の後ろから細い人影が扉をすり抜けてきた。爪先《つまさき》立ちしているような高いヒールで誠一の足取りに合わせようとしている。危なっかしい。と、誠一が立ち止まった。微笑《ほほえ》みながらふり返る。

心臓が跳ねた。けれど、誠一は私には気づかず、女の子だけを見つめている。

おもちゃのようなハンドバッグに、リボンベルトのついたAラインのトレンチコート。裾からのぞく脚は小鹿のようで、どこからどうみても大学生くらいにしか見えなかった。プレゼントだろうか、片手には明るいグリーンの小さな紙袋を下げている。

立ちつくしていると、女の子が私の視線に気づいた。一瞬浮かんだ訝《いぶか》しげな表情が、すぐにぱっと引き締まる。女の子は誠一の腕を取ると自分の腕をからめた。そして、果敢にも私をきっと睨《にら》みつけてきた。誠一が驚いたように彼女を見ると、なんでもないの、というように笑いかけ、そのまま二人は歩き去っていった。

二人の姿が銀杏並木で見えなくなると、私は大きな息を吐いた。

なんだ。

若い子とならこういうとこ行くんだ。あんなに必死に調べちゃったりして。それとも、お願いされたんだろうか。腕なんか組まれちゃって言いなりなんだろうな。

きっと講師をしている大学の生徒かなんかなのだろう。あんな若くて可愛《かわい》い子に言い寄られたら断れないってわけか。

ああ、なんだ。こんなもんか。くだらないな。

くるりと背を向けた。

歩きだそうとして、足が止まった。

これが、きっかけになるのだろうか。ずっと、いつかくると思っていた誠一との別れのきっかけに。

自分にとって都合の良いきっかけがくることは、とうの昔に諦めていた。

後は私が決めるだけだと、どこかで思っていた。この関係を終わらせるのは私なのだと。

でも、違った。誠一は懲《こ》りもせず新しく若い女に乗り換えようとしていたのだ。

立ち止まったまま、怒りを探した。先ほどの誠一の間抜けな笑顔を何度も思い返した。

でも、駄目だった。どこにも怒りはなかった。

足元で落ち葉がかさかさと鳴った。乾いていた。空気も気持ちも。乾いた虚《むな》しい音をたてていた。

空を見上げると、雲ひとつない澄んだ青だった。

姉は私が指定した喫茶店の一番奥に座っていた。

時間通りだったけれど、一応「ごめん」と謝って、いい具合に煙草の匂いが染みついた赤い布張りの椅子に腰をおろす。

姉は首をふりながら手に持ったカップをソーサーに置いた。ココアの甘い香りがして、姉がコーヒーが飲めなかったことを思いだした。違う店にすればよかった。

　手をあげて注文をする。「忙しいの？」「そんな気もするけど普通なんだと思う」「そう、がんばって」「そっちはどう」「まあ、どうもこうも」「お父さんとお母さん元気？」「退職してから詩吟はじめたみたい」などと、禅問答のような会話をひとしきりしたところでカフェオレが運ばれてきた。詩吟ってなんだったっけと訊いてみたが、姉も「よくわからない」と言った。カウンターの奥で姿勢正しくグラスを磨いている老マスターなら知っている気がしたが、姉が「飲まないの？」と眉間《みけん》に皺を寄せたので大人しくカフェオレをすすった。

　そこでやっと自分が姉を呼びだしたのだということに気がついた。

「はい、これ、遅れてごめん。お誕生日おめでとう」

　途中で買った玩具《おもちゃ》を渡す。

「カーズの？」

「そう、好きだよね。それのなんか赤い車。ちょっと生意気そうな」

「ああ、マックィーンね。ありがとう、喜ぶわ」

　名前までは知らなかったが頷いておいた。本当は店員にどれが主人公なんですか、と訊いて買った。主人公が嫌いな子どもはまずいないだろうと思って。

　姉には三歳になったばかりの息子がいる。お腹の中にはいま二人目がいて、今日は二週間に一度の妊婦マッサージの日なので子どもを両親に預けて出てきている。

　二つ隣のテーブルのお爺さんが煙草に火を点《つ》けた。姉が嫌そうな顔でちらりと見た。どことなく不機嫌そうに見えた理由がわかった。

「尚子は欲しくないの？」

　店を変えようか、と提案しようとしていた矢先だったので、一瞬何のことを言っているのかわからなかった。少し経《た》って子どものことだと気づく。

「できたらいいな、とは思っているよ」

「別れたの？」

　黙っていると、ため息をつかれた。姉は私と誠一のことを知っている。

「じゃあ、今できても駄目じゃない」

「そうでもないんじゃないかな」

　濁そうとしたが駄目だった。姉はスプーンをカップに突っ込んで数回混ぜた。そして、占い師のように突然手を止めると、ぴたりと私を見た。

「ねえ、尚子はさあ、覚えてないの？　お父さんのしたこと」

「覚えてるよ」

　素早く返す。覚えているどころか、気づいたのは私が一番早かった。まだ小学生の頃だった。二つ上の姉はもう中学生だったから、五年とかそこらだろう。

電話を取ったのだ。受話器の向こうでは誰かが息を殺していた。湖の底のように静かで、でも、女の人のひそやかな気配があった。

「だったらさあ……」

「お姉ちゃん、事実一緒にいるんだから、そういうかたちもあるって思えない？」

「かたち？」

姉の顔が険しくなった。

「そんな関係、かたちじゃないでしょう。あんたたちの間には繋ぐものがないじゃない。それとも、そんな見せかけだけのかたちがなくても心があるっていいたいの？」

いや、ない。姉の言う通りだ。心で繋がっている、生活を共にしていると思っていても、ただの惰性の結果だった。それでも、あんな現場を目撃しても、私はどこかでまだ誠一を侮っていた。嘘が下手で、不器用な男だ。若い子なんて無理だろう。今はめずらしいだけで、すぐに捨てられるに決まっている。そしたらすぐに私のところに戻ってくるはず。

でも、私はそれを受け入れていいのだろうか。揺れているのはそこだった。誠一を失いたくないという想《おも》いも、騙されたという怒りもない。心なんて、いつの間にかなくなっていた。

けれど、その通りだとしても他者に口出しされる謂《いわ》れはない。そんな気持ちがむらむらとわいた。

「じゃあ、お姉ちゃんはさ、自分たちのかたちが一番正しいって言いたいの？」

低い声で言うと、姉はちょっと驚いた顔をして黙った。それから、「ごめんね」と言った。「尚子が心配なのよ……お母さんも気にしてるみたいだよ」

両親にはさすがに誠一のことは言っていない。三十前後の頃は口やかましく結婚、出産と言っていたが、三十五を過ぎてからは何も言ってこなくなった。

姉の反応は少し違った。打ち明けた頃は私が騙されているのではないかと心配した。誠一を問い詰めにいきなりやって来たこともある。けれど、自分が結婚してからは、どちらかというと誠一より私を責めるようになった。夫を持つと私のような存在が許せなくなるのかもしれない。それにしても今日は感情的すぎる気がした。

「うん、ちゃんとするから。それより、お姉ちゃんなにかあったの？」

なるべく柔らかめの口調を意識して言った。

「なにも」と姉は首をふる。姉は滅多に夫のことを話さない。代わりにメールにはいつも息子の写真がついている。今は息子が姉の人生の中心のようだった。

急に空腹を覚えてメニューをひらいた。「お腹すかない？」と誘ったが、姉は帰って夕飯の支度をしなくてはいけないから、と断った。けれど、「先に帰ってもいいよ」と言っても動かない。ぽつりぽつりと息子の保育園での話をしている。

「ナポリタンにしようかな」

私が顔をあげると、姉は不服そうな顔をした。少し分けてもらおうと思っていたのかもしれない。

「こういうとこのパスタなんて給食みたいなやつよ、きっと」

「こういうとこのはパスタじゃなくて、スパゲッティだから」

たまに喫茶店のナポリタンが食べたくなる。チェーン店の学生バイトが作っているようなパスタよりずっといい。夕飯はいらないと出掛けに言われていた。きっとあの子と食べてくるのだろう。さすがに帰って一人で作って一人で食べる気にはならなかった。

注文して待っていると、家にまだ残っている黒枝豆のことを思いだした。

「あ、お姉ちゃん、枝豆いらない？　たくさんもらっちゃって。枝つきだし新鮮でおいしいよ」

「枝豆？　時期外れね。しかも、枝つきかあ。あんまりかな」

「面倒くさい？　でも、普通のじゃなくて黒豆のだからめずらしいんだけどね」

「いや、そうじゃなくて、私お酒呑まないから。うちの子あんまり野菜食べないし。枝豆ってご飯にもおやつにもならないし中途半端じゃない？」

中途半端。どきりとした。なんとなく自分たちのことを言われた気がした。

返す言葉に窮していると、紙ナプキンに包まれたフォークが横に置かれた。湯気と共に甘いケチャップの匂いが立ちのぼる。ほっと体がゆるむ。アルデンテからはほど遠い麺《めん》を頬張る。

「お父さんに似てきたね」

食べる私をじっと見ながら姉が言った。すこし、嫌な響きがあった。

「顔？　お姉ちゃんのほうがお父さん似じゃない？」

「いや、なんか顔とかじゃなくて、食べ方とかさ……」

その後は言わなかった。私はわざとのろのろ食べた。粉チーズとタバスコを交互にひとくち分ずつかけて、食べることに夢中になっているふりをした。姉がそろそろ時間だから先帰るわ、と言いだすのを待っていた。

「あんたってさ、なにか悩みごとがあると単調なもの食べたがるよね」

突然、姉が言った。驚いて姉を見ると、頬杖をついて店の外を眺めていた。

「あと、寂しいときも。お父さんもそう、よくあれ食べていた。なんだっけ、ほら、自分で茹でて。私は嫌いだったけど、あんた好きだったわよね」

姉と目が合う。父の背中を丸めた後ろ姿がよぎった。

あの味を思いだしていた。味というよりは舌触りを。とろりとした柔らかい、いくらでも食べられる丸い塊――。

「きぬかつぎ」

つぶやいていた。

「そうそう」

いくぶん大きめの声で姉が頷いた。すっきりした顔で立ちあがる。

「ごめん、そろそろ時間だから行くね」

扉に向かいかけてまた戻ってくると、「払うわ。プレゼントもらっちゃったし」と伝票を取った。甘えることにした。姉はちらっと私を見た。

「お父さん、もうほとんど食べなくなったけどね」

そう言い残すと去っていった。

私はナポリタンを食べ続けながら父ときぬかつぎのことを思いだしていた。確かに、ここ最近は帰省しても食べている姿を見たことはない。

私たち姉妹が実家にいた頃、きぬかつぎは父の好物だった。テレビの前にあぐらをかき、ビールか日本酒を片手にえんえんと食べていた。きぬかつぎといっても、料亭で出てくる松茸《まつたけ》のような細工をされた上品なものではなく、切り込みを入れた里芋を柔らかくなるまで茹でて、指でつるりと押しだして塩や味噌《みそ》をつけて食べるシンプルなものだった。

趣味らしい趣味もなく、山盛りのきぬかつぎを食べることくらいが唯一《ゆいいつ》の個性だったような父に、密《ひそ》かに関係している女性がいることが発覚したのは私が中学にあがった時だった。きっかけは姉が家の近くで女の人に話しかけられたことだった。その前から度々無言電話がかかってきていたこともあり、勘の良い姉は母に泣きつき、すぐに父の様々な嘘が露見した。私が真相を知ったのはずいぶん後になってからだったが、父が姉と母に無視されていた記憶はある。その時も父は自分で茹でたきぬかつぎを食べていた。

恐らく、無言電話を一番はじめにとったのは私だった。けれど、私は家族の誰にも言わずに沈黙の底の密やかな息遣いを聞き、怖くなるとテレビを見る父のそばに走った。父は黙って里芋を太い指で押しだし、口に含ませてくれた。

あの電話の意味をわかってはいなかった。けれど、なぜか誰にも言ってはいけないような気がした。

洗い物の音で我に返ると、店内は私だけになっていた。慌《あわ》てて残ったナポリタンをかき込む。冷めてはいたけれど、ひとくちめと変わらない食感だった。

店を出ると外はもう暗かった。けれど、まだ七時過ぎだった。誠一はまだあの子と一緒だろうか。小洒落たイタリアンにでも連れていってあげているのかもしれない。

急にさみしい気持ちになった。父の後ろ姿が瞼の裏にまだ焼きついている。

お腹がいっぱいなのがさびしいのではなく、食べても食べても埋まらないことがさびしいのかもしれない。

そんなことをふっと思った。

駅前のデパートがまだ開いていたので、地下の階に降りた。

閉店時間前の安売りがはじまっていた。人混みの中、あちこちから声をかけられたが、何にも食指が動かなかった。ぐるぐると広いフロアを歩き回った。

お腹は空《す》いてない。けれど、なにか口にいれたい。なにか。豆や芋なんかじゃなくて、甘くて華やかで気分が晴れるようなものを。とびきり綺麗《きれい》なものが欲しい。そう思った時、化粧箱に入った葡萄《ぶどう》が目に入った。

澄んだ翡翠色《ひすいいろ》のそれは、白っぽい照明を跳ね返して輝いていた。値段に一瞬躊躇《ちゅうちょ》したけれど、手を伸ばした。

葡萄はずっしりと重かった。

私は箱をしっかり両手で抱えると、中央の大きなレジに向かった。

誠一はまだ帰っていなかった。

葡萄の箱をテーブルに置くと、暗い台所の隅に黒枝豆の枝が束になっているのが見えた。電気を点けて近づく。相変わらず冴《さ》えない色をしていた。昨日より一層乾いた感じすらする。

しばらく見下ろしてから、新聞紙でくるんだ。流しの下からごみ袋を取りだして放り込み、かたく口を縛った。

こんなもの。こんなものがあるからだ。一見くすんだ緑で枯れているように見えても、とろけるように美味しいこの豆がいけないのだ。こんな小さな習慣を共有することで安心していたなんて。本当は好物なんかじゃない。豆を茹でながら思い出を復唱することで、重ねた時間に意味をもたせようとしていただけだ。

黒枝豆がすっかり見えなくなると、すこし気分が軽くなった。

清潔な香りのするデパートの包装紙を勢いよく破ると、鮮やかな緑の葡萄が顔を覗《のぞ》かせた。そっと箱からだして、蛇口の水で洗う。翡翠の皮に弾かれて、水滴がころころと散っていく。どの粒もぴんと張りつめている。お気に入りのフランス製のアンティーク皿をだして載せると、いつも晩酌をするちゃぶ台ではなくテーブルに運んだ。

ひと粒、人差し指と親指で摘まんで光にかざす。宝石のようだった。歯をたてると、カリッと甘いしぶきが飛び散った。爽《さわ》やかな香りが鼻に抜ける。

ふた粒目は皮を剥《む》いてみた。口触りが良くなった分、葡萄は体の一部のように喉《のど》に吸い込まれていった。剥いては食べ、剥いては食べを繰り返していると、果物を口にするのが久々なことに気づいた。誠一は果物がそんなに好きではなく剥いてあげないと食べないので、段々と私も買うことがなくなっていた。こんなにも清らかな食べ物だったのだな、と思いながら一人きりの楽しみに没頭した。

玄関が閉まる音が聞こえた。顔をあげると葡萄は半分ほどに減っていた。

誠一の足音が近づいてきた。後ろから声がかかる。

「ただいま。ちょっと寒くなってきたね」

反射的に「冬物そろそろ出そうか」と言いかけて、やめる。手元が暗くなった。頭上から「あれ？」という声が降ってくる。

「枝豆じゃないんだ。もうないの？」

「ない」

まだあるはずだ、とも言わず、誰かにあげたのか、とも訊いてこなかった。誠一はブルゾンを脱ぎながら、「あと一年待たないといけないのか」とのんびりした声で言った。それから、洗面所のほうへ行ってしまった。

水音を遠く聞きながら葡萄に目を遣《や》った。蜘蛛《くも》の巣のような細枝が露出したそれはもう美しくはなかった。剝きたては蜻蛉《とんぼ》の翅《はね》のようだった皮も黄ばんできている。じっと見つめていると、誠一が戻ってきて私の向かいに腰かけた。

「めずらしいね、葡萄。ずいぶん立派なやつだね。貰《もら》ったの？」

私は小さく頷いた。

「くれよ」と、甘えた声で誠一が言う。

「自分で取れば」

「皮、剝いてくれよ」

黙ったまま爪の先で剝いた。飾り気のない爪を透明の汁がつたって指を濡《ぬ》らした。手首の辺りまでくる前に舌先ですくい取る。誠一と目が合った。

「今日、食べたんじゃないの、果物」

つい言葉がもれた。誠一の目がこわばる。私の視線をひきはがすように目を逸《そ》らす。

むさくるしい外見の割に誠一の睫毛《まつげ》は長い。その睫毛が二回上下した。

「あれは娘だよ」

見る。誠一はゆっくり頷いた。何を憐《あわ》れんでいるのか、哀《かな》しい目をしていた。

「もう、そんな」

「ああ、もうそんな齢なんだよ。今年、大学生になったんだ。最近、会ってくれるようになってね。付き合っている男の子がいるみたいなんだ」

泣き笑いみたいな顔で誠一は喋《しゃべ》る。手の中の葡萄がぬるくなっていく。

そんなに時間が経ったのか。離婚の意味もわからない子どもが年若い女性に成長するだけの長い長い時間が。その間ずっと私たちは変わらなかったのか。ただただ同じ一年を繰り返すだけで。

誠一の奥さんは誠一の存在を無視し続けながらも離婚には応じなかった。それが復讐《ふくしゅう》なのか、すべて誠一の嘘なのか、何度も何度も疑ったけれど、その気持ちもやがてなだらかになっていった。十年という歳月がそうさせた。いや、もっとだ、もっと時間が流れた。いつしか激しいものがなくなり、諦めたのか疲れたのかわからなくなっていった。

もう、なにが欲しいのかわからない。

「尚子」

めずらしく、ちゃんと名を呼ばれた。

「黙っていて、ごめん」

謝りながら誠一が私を見た。まだ憐れむような目をしていた。きっと私はすがるような目をしているんだろう。

ねえ、誠一、どうしよう。長い時間が経ってしまった。私たち、これからどうしたらいいんだろう。どこに向かえばいいんだろう。

問う代わりに手を伸ばし、誠一の口に葡萄を含ませた。ぐいと喉の奥に押し込むと、前歯が人差し指の付け根に触れた。誠一は拒まなかった。眉間に皺を寄せ、えずきかけながらも堪《こら》えている。

力任せに押し込みながらその顔を見ていると、喉の奥が苦しくなった。

苦しいのは誠一のはずなのに、どんどん苦しくなって、ふいに視界が滲《にじ》んだ。誠一がゆがんだ顔のまま、かすかに微笑んだように見えた。

「ふ」と、声がもれて涙がこぼれた。涙は緑の葡萄の上で跳ねた。

こんな男のことで久々に泣いて、馬鹿みたいだけど、それがほんのり嬉《うれ》しかった。

遠藤彩見

消えもの

遠藤彩見　Endo Saemi
東京都生れ。1996（平成8）年、脚本家デビュー。「入道雲は白 夏の空は青」でATP賞ドラマ部門最優秀賞を受賞。著書に『給食のおにいさん』『キッチン・ブルー』『二人がいた食卓』などがある。

くれぐれも粗相のないように。リビングの入口で左右田《そうだ》始《はじめ》はコンシェルジェの制服を着た胸を張り背筋を伸ばした。

サービングワゴンのハンドルに両手を掛けて、さっき監督につけられた動きを頭の中で確認する。今日のドラマ撮影で最初に挑むシーンだ。

撮影現場を見守るプロデューサーが腕時計を確かめている。高級ホテルのスイートルームでロケーションをしていても、低予算の深夜ドラマだ。撮影スケジュールを限界まで詰め込んでいるのだろう。

その上ロケだ。スタジオ撮影なら顔のアップ、胸から上、全体というように、シーンに必要なカットをカメラの数だけ一気に撮れるが、ロケは一台のカメラでワンカットずつ細切れに撮る。とにかく時間が掛かるのだ。

ワゴンを押して絨毯《じゅうたん》敷きの床をスムーズに動かせるか確かめる。上にはシルバーのサービングトレイが載っている。このホテルのルームサービスで実際に使われているものだ。中身が入っていないティーポットとティーカップの横はぽかりと空いて、これから載せられる皿を待っている。

「消えもの！」

トランシーバーで監督から指示を受けたスタッフが、別のスタッフに命じた。

消えものとは、ドラマの中で使われる食べものや飲みものなど「消えて」しまうものの総称だ。

別のスタッフがリビングの外にあるエントランスホールの隅に向かった。関係者の荷物がぎっしり置かれ、スイートルームの外に続くドアまでの通路をかろうじて残すだけだ。隅にはカップやグラス、コーヒーメーカーなどを収めた戸棚とカウンターがあり、ミニキッチン的コーナーになっている。

スタッフが戸棚下部の扉を開け、格納された小さな冷蔵庫の扉も開ける。かすかなモーター音に、スタッフが小さく上げた声が被《かぶ》った。

「消えものがありません」

「無いわけないだろ」

「無いんです」

スタッフが両手で二枚の皿を引き出し、立ち上がってカウンターに置く。

金色の模様で縁取られた白い皿は、パウダーシュガーと赤いフルーツソース、ミントの葉で美しく彩《いろど》られている。しかし、パウダーシュガーの中央に載っていたはずのものが、どちらの皿からも消えている。

そんなはずはない。左右田も確かに見た。消えものを載せた二枚の皿を、冷蔵庫に収めて扉を閉めたのを。

＊

所属事務所から転送されたスケジュール表と地図に従って、ホテルにやって来たのは十五時だ。地下駐車場に止めたロケバスの中で衣装に着替えてメイクを施された。もう一人、レザージャケットに腰チェーン姿の若い俳優と一緒に、スタッフに連れられて撮影現場に向かった。

ホテルの芯《しん》部分にある業務用エレベーターに乗り込むと、ホテルのハウスキーパー――掃除スタッフ――数人がいた。白シャツにベストの男性スタッフと、半袖《はんそで》のワンピースに白いエプロンをつけた女性スタッフが、左右田をちらちらと見ている。顔が知られているからではない。撮影用メイクをほどこした五十路の男が珍しいからだ。

左右田は無名の俳優だ。テレビドラマで貰《もら》えるセリフはだいたい二行か三行。最近はマンションの管理人やビルの警備員になって、刑事や弁護士に目撃情報をもたらすことが多い。台本に書かれる役名は大抵、今回の「コンシェルジェ」のように職業名だ。

そのうちあれも演じるかも、と思いながら三十四階で降りていくハウスキーパーたちを見送った。左右田たちが降りたのは三十七階だ。スタッフが説明する。

「三十七階から上はエグゼクティブフロアでスイートルームのエリアです。このホテルは二十九階に結婚式場があるから、花嫁の控え室や挙式後の宿泊によく使われるそうです」

業務用のエレベーターホールは、壁沿いに大きなゴミ箱が並び、食い散らかした皿やグラスを載せたルームサービス用のワゴンが無造作に置かれている。エレベーターに向かって右側はトイレ。左側は掃除用品や巨大なゴミ袋が置かれた倉庫だ。結婚式や披露宴、客室の装飾に使ったのか、風船や造花、ヒダを寄せたりリボン状に結んだりした布、ワインボトルやプラスティックカップなどが役目を終えて置かれている。

かつて司会者を演じたドラマ内の結婚披露宴を思い出したとき、「あの」と声が聞こえた。一緒に来た俳優がスタッフに話があると切り出す。撮影現場は三七一一号室と教えてもらい、スチールドアを引き開けて一足先に廊下に出た。

間接照明で薄暗い絨毯敷きの廊下をそっと歩く。彫刻や絵画が飾られ、まるで美術館だ。三七一一号室のドアに紙が貼《は》られているのを見て足を止めた。

――本番中　入室禁止

雑音を立てないためだ。

廊下の先で物音がした。外出姿の宿泊客が客室から出てくる。ホテルから借りたコンシェルジェの制服でうろついているのはまずい。早足で引き返し、ドアを押し開けるなり険しい声が聞こえた。

「もうちょっと時間くださいよ」

スタッフに割本を見せて訴えていた俳優が、左右田を見て口をつぐむ。

割本とは、カット割りやセリフの修正、追加、削除などが書き込まれた台本を、その日撮る分だけまとめたものだ。裏側には撮影スケジュールも記載されている。左右田の耳を気にしてか、少し声を抑えた俳優が続ける。

「増えたセリフ、専門用語ばっかりだし、さっきホンをもらってすぐ撮影なんて」

「いやもうスケジュールの都合で、セツさんにお願いするしかないんですよ」

セツというのは撮影中の深夜ドラマ『デンジャラスラブ』のヒロイン・クルミの兄の名だ。

二十五歳のお嬢様・クルミが父親の不慮の死で会社社長となるが、地位や財産、そして美貌《びぼう》を付け狙《ねら》う者たちや強欲な兄・セツに振り回され、あげく命を狙われる。手っ取り早く雰囲気を出すために、セリフに経済用語や株式用語をたっぷりまぶしてある。

スタッフに「ね?」と見据えられたセツが目を伏せる。最近テレビで見かけるようになったとはいえ、まだスタッフに逆らえる立場ではないのだろう。居づらいな、と再び廊下に出ようとしたとき、ドアからダウンコートを羽織った若い女が現れた。

「お疲れさまです」

一足先に撮影に入っていた、クルミ役の主演女優・須《す》永《なが》睦月《むつき》だ。

ダウンコートの下はタンクトップとショートパンツと、晩秋の気候を無視したスタイルだ。色白で、シルエットは細いがむっちりと肉がついている。清純なイメージで数多くのCMに出演する人気タレントだ。スタッフが目を丸くした。

「睦月さん、どっか行くんですか？」

「トイレ。スイートのが塞《ふさ》がってたから」

すでに二話分撮影して打ち解けているのか、睦月はスタッフとセツにさらりと告げ、初対面の左右田に会釈をしてトイレに向かう。スタッフが左右田とセツに「行きましょう」と呼びかけて歩き出した。セツが憮然《ぶぜん》と睦月の後ろ姿を睨《にら》む。

さっき目を通した割本では、クルミの説明セリフがごっそりセツに振り替えられていた。俳優・女優の拘束時間に限りがあったり、演技力が怪しかったりするときに、なるべくNGを出さずに進めるために面倒なセリフを他のキャストに振ることは珍しくない。

スイートルームに到着してエントランスホールに入り、荷物の間のけもの道で挨拶《あいさつ》をしていると、外からドアが開いた。関係者が自由に出入りできるよう、自動ロックの部分に、コの字に折った厚紙をかませてロックが掛からないようにしてあるのだ。元はホテルのハウスキーパーが編み出した技だと言われている。

本物のコンシェルジェがドアを開けて固定し、次いでサービングワゴンを運び入れた。

「来た来た」

プロデューサーと話していた三十代後半の男が嬉《うれ》しそうに笑う。このホテルの広報担当者、江川《えがわ》だ。ドラマの制作部との交渉にあたった担当者でもあり、撮影隊がホテルや宿泊客に害を及ぼすようなことがないように、立ち会いという名の見張りをしているのだ。

江川が小走りにリビングに向かう。

「消えものをお持ちしましたよ」

呼びかけられた睦月がメイク担当者を従えてリビングからやってくる。江川はホテルマンらしいスマートな手付きで皿からカバーを外した。

「当ホテルの一推しです」

二つの皿に、三本ずつ細いエクレアが載っている。ホワイトチョコ、抹茶チョコ、ブラックチョコで艶《つや》やかにコーティングされている。金箔《きんぱく》とピスタチオの実が散らされ、周りには赤いフルーツソースとパウダーシュガー、ミントの葉。まるでアートだ。

　小さく口を開けて見入っている睦月に江川が説明する。

「女性にも食べやすいように細く作ってあるんです。おかげさまで連日早い時間に売り切れです。須永さんがデビュー作で演じたパティシエ姿を思い出しながらセレクトしたんですよ。いかがですか？」

「……きれい！　おいしそう！」

　満面の笑みが浮かんだ顔は実年齢の二十七歳よりも幼く見える。少し大げさに見える喜びようは、明るくて積極的な役柄が影響してか、それとも地なのか分からない。

「これシーン二十七の消えものでしょう？　クルミが食べるんですよね？　うわあ、ラッキー！」

「睦月ちゃん」

　プロデューサーが『騒音注意』『静かに』と書かれた張り紙を指差す。江川が優しくフォローする。

「喜んでいただけて光栄です。ほら、予備もあるからNGを出しても大丈夫ですよ」

「ありがとうございます。NG出して両方食べます！」

　冗談めかして答えた睦月がエクレアに携帯電話のカメラを向ける。ホテルのラウンジで仕事をしているマネージャーに見せるそうだ。

それほど感激するのも分かる。低予算のドラマで使う消えものは、安く買ってきた弁当やスイーツであることも珍しくない。それを思えば大した贅沢《ぜいたく》だ。袖を何かがかすって視線を向けると、すぐ隣で割本を持ったセツもエクレアを見ている。プロデューサーが江川に向き直った。

「いやあ、映えますよ、エクレアさん。素敵なスイーツのご提供をありがとうございます」

プロデューサーやスタッフと一緒に左右田が頭を下げると、睦月とセツも続く。

頭くらい下げたほうがいい。タイアップ、ホテルが提供した商品を劇中に出すことで対価をもらうからだ。それも相当な。

スタッフに先導され、エントランスホールからリビングとは別方面に続くドアを抜ける。

このスイートルームは大きく四つに区切られ、左後方がさっきまでいたエントランスホール、右後方は通路沿いにトイレとバスルームと続く。バスルームは睦月の控え室とメイクスペースも兼ねているらしく、ガラスドア越しにちらりと中を見ると、ヘアメイク担当者のプロ用メイクグッズと、睦月のものらしきガーリーな小物が溢《あふ》れていた。

バスルームの隣、通路の突き当たりはリビングと隣合わせた寝室だ。大きな窓は遮光カーテンが閉めきられ、モニターなど機材がセットされてスタジオ撮影における調整室と化している。照明、音響、美術。それぞれのスタッフがそれぞれの作業に没頭し、その間を、腰にメイクバッグを巻き付けたメイク担当者が、何かを探してうろついている。まるで混み合う駅のようだ。

監督に挨拶し、今回のセットに当たるリビングに移る。

こちらも遮光カーテンが午後を夜にしている。細切れの撮影は間が空く。そのまま撮ったら三分ほどのシーンの背景が、午後から夜に変わってしまうからだ。撮影用語で「つながり」という。

中央にはソファーセット。壁際《かべぎわ》には大型液晶テレビ。窓際にはデスク。エントランスホールから入ってきたセツが座るところだ。入口近くにはガラスのダイニングテーブル。それでもまだ広々としたスペースだ。

こんな贅沢なスイートルームで低予算の深夜ドラマを撮影できるのは、タイアップのおかげだ。低予算で金持ちの生活を描くために、クルミが海外帰りでホテル住まいという設定にし、ドラマに出せるタイアップ商品を探したのだろう。そして、このホテルが差し出したのがエクレアさん。客を呼び込むホテルの華だ。

華。左右田はライティングを待ちながら、ソファーで割本を見ている睦月に視線を向けた。

睦月は演技のことで頭が一杯なのか、メイク担当者が見当たらないリップグロスを探しに行きたい、とお伺いを立てても、うなずいただけだ。一人になった睦月に、江川がさりげなく近づいたが、睦月は無視して立ち上がった。バスルームで一息入れるのか、寝室を抜けて通路に出て行く。

雑誌の専属モデル出身の睦月は、ゴールデンタイムの連ドラでレギュラー出演を果たし、深夜ドラマとはいえ今回二本目の連ドラ主演作を撮っている。華やかに咲き誇り、人々を惹《ひ》きつけて金を落とさせる。エクレアさんと同じように華の力で。それは左右田がついに得なかったものだ。

だから左右田は撮影現場の待ち時間、気配を消す。空き時間は小さく折りたたんだ新聞を読んで暇を潰《つぶ》し、用がない限り自分からは誰にも話しかけないと決めている。邪魔な無名俳優はスタッフに容赦なく邪険にされる。それに何度か、若い俳優、女優が自分を見る目に淡い恐怖を感じたことがあるからだ。

――こんな風にはなりたくない。

学生時代の演劇活動から俳優になった。いつかは世に知られる俳優になりたい。主演は張れなくても、いい味が出せる脇役《わきやく》俳優として知られ、愛され、活躍したいと夢見た。そのいつかは来ることがなかった。未《いま》だにドラマや映画、舞台の端役《はやく》、主要な役を演じられるのはマイナーな劇団の公演だけだ。

　当然、役者としての収入だけでは足りず、朗読やボイストレーニングの指導をして生活費を稼いでいる。小さな広告代理店で働く妻と古い賃貸マンションで暮らし、子どもがいないから何とかなっている。スターを夢見る若い俳優から見れば悪夢のような人生かもしれない。

　でもそんなに悪くない。デスクで割本と格闘しているセツを見ながら思う。

端役とはいえ経験を積んだ。今の左右田は撮影現場で何が起きても、大抵のことは落ちついて乗り切れる。睦月のように売れている、輝いている俳優、女優を見ても、もう若い頃のように辛《つら》くなったりしない。自分とは違う。ただそれだけだ。

　華も色もない左右田は、いつからか透明無地のグラスになった。冷たい水をたたえ、ドラマや映画という食卓の端に静かに置かれる。

　客の目当ては色とりどりのメインディッシュだ。水のグラスは眼中にない。手をつけられないまま宴《うたげ》は終わる。それでも食卓には欠かせない。ないと不自然だ。

「お客様、困ります！」

　ルームサービスをワゴンで運んできたコンシェルジュが呼びかける。スイートルームのドアを開けてワゴンを入れようとした隙《すき》に、廊下の物陰に潜んでいた男が部屋に入り込んだのだ。宿泊客のクルミも顔色を変えてソファーから立ち上がる。

「フロントを通さずに入り込むなんて失礼じゃない、お兄様！」

クルミが抗議の声を上げても、兄のセツは鼻で笑うだけだ。

「うまそうだな、このエクレア。金箔がたまらないねえ」

傍若無人な兄は、ルームサービスのエクレアを勝手につまもうとして遮られる。兄と二人きりになりたくないクルミは、コンシェルジェに紅茶を入れるよう頼む。

兄はクルミが社長を務める会社の経営状態について、経済用語や法律用語を駆使してまくし立てる。あげく、自分の株をライバルに売るとクルミを脅す。

クルミは再びエクレアに手を出そうとする兄の手を払いのけ、追い返す。兄は株式関連の捨て台詞《ぜりふ》を吐いて出ていく。

ついに反撃を決意したクルミは、ドアが閉まるとコンシェルジェに告げる。

「明日、メインダイニングで株主の接待をするから個室の予約を」

「承知いたしました」

コンシェルジェが出ていく。一人になってほっと気が緩んだクルミは、たった一人の兄と敵対する心細さと悲しみで打ちひしがれそうな自分を叱咤《しった》する。

「負けない。私には、私しかいないんだから……」

クルミは泣きながらエクレアを食べる。

＊

――そのエクレアが消えた。

スタッフやプロデューサーと並んでカウンターに置いた二枚の皿を見つめた。飾りのパウダーシュガーやミントの葉を残して、エクレアさんは跡形も無く消えている。

なぜどうしてと凝視していたら、押されて前のめりになった。リビング側とバスルーム側、二カ所の出入口からスタッフがなだれ込んで荷物のけもの道を埋めていく。

慌《あわ》てて後ろに逃れると、ちょうどセツと睦月の間に収まった。プロデューサーが引きつった顔で一同を見渡す。

「誰か知らない？　何か見てない？　誰か、うっかりエクレアさんを皿から落としたとか？」

「いや、これ見てください」

スタッフが指差した部分を人垣から身を乗り出し、見る。

皿に振りかけて敷いたパウダーシュガーの上に、エクレアさんを飾っていた金箔とピスタチオの実が落ちている。

「皿を落としたんだったら、みんな皿からこぼれ落ちてますよ」

「じゃあ、誰かがエクレアさんをつまんで持ち去ったってこと？」

プロデューサーの声がワントーン高くなる。スタッフの間からどよめきが起きた。監督が低い声で吐き捨てる。

「勘弁してよ……」

連続ドラマの撮影スケジュールは過酷だ。ましてや負担がより大きい低予算ドラマ。疲労にストレスに睡眠不足が重なって、スタッフは皆疲れ切っている。そんな状況で撮影の邪魔をして、爆弾の導火線を短くするような真似《まね》は誰もしないだろう。そう思ったからスタッフは、大切なエクレアさんを冷蔵庫に入れて放っておいたのだ。

「大変申し訳ありません」

プロデューサーが江川に詫《わ》びた。江川は無言で皿を見ている。それを見てプロデューサーの顔が青ざめていく。スタッフが小声で言い合う。

「とにかく探さないと」

「出てきたって皿がこんなじゃもう使えないっしょ」

「でも新しいのをったって売り切れって言ってなかった？」

睦月が体で人垣を割ってプロデューサーの前に進み出た。

「撮影、どうなっちゃうんですか？」

「そうだよ。カットだってエクレアさんありきで割ってんだよ。なしで撮るわけ？」

監督がプロデューサーに向けて割本を振りかざす。そのとき、江川が声を張り上げた。

「私が何とかします」

「でも、エクレアは売り切れじゃないんですか？」

睦月にぐっと迫られた江川の口元がほころんだ。

「今から広報に連絡します。エクレアは売り切れでも、他にタイアップ対象になるスイーツを何か見繕って手配させます。それなら名前を変えるだけで予定通り撮影できるでしょう。少し、お時間をいただけますか？」

睦月が今度はプロデューサーに迫った。

「私、出の時間があるんです。間に合います？」

「睦月ちゃんのカットをまとめて先に撮れば何とかなりそう。撮影順を変えて、あとは別撮り。江川さん、お願いします」

プロデューサーは江川に深々と頭を下げた。睦月も続く。

「ありがとうございます」

「任せてください」

江川が修羅場に現れたスーパーマンのように胸を張り、睦月に優しく声を掛ける。

「睦月さん、お疲れでしょう。スイーツの代わりを待つ間、空いている客室を用意させますから、しばらくそちらでお茶でも飲んで気分転換してください。私がご案内しますから」

江川がスイーツと客室を用意するために広報部に向かう。左右田の前を通り過ぎるとき、口元がわずかにほころんでいるのが見て取れた。

結局、ドラマの撮影は暫定《ざんてい》一時間の中断となった。まだ十六時過ぎだというのに夕食用のロケ弁を渡され、ホテルの社員食堂で待機するよう言われた。

社員食堂の壁一面の窓越しに、夕暮れを迎えた東京が広がっている。ビューが自慢のホテルの三十階だけあって、スカイツリー、東京タワー、遥《はる》か彼方《かなた》の東京湾まで見渡せる。五分前まで作りものの夜の中にいた左右田は、タイムスリップしたような妙な気分になった。

入口からテーブルを見渡して、空いた席を探す。中途半端《はんぱ》な時間帯にもかかわらず、ほぼ満席だ。ウェイトレス、ウェイター、そして社員たちが、定食やラーメン、持参の弁当などを食べている。空いている席を探して目を凝らし、二人掛けの席に歩み寄った。

「ここ、いいかな？」

マカロニサラダを口に運んだところのセツが、「どうぞ」とうなずく。

　セツの向かいに座り、弁当を開いた。白飯と、鶏肉《とりにく》とピーマンの天ぷら、マカロニサラダ、卵焼き一切れとみかん一切れが入っている。以前にも現場で食べたことがあり、一人前五百円だと聞いた。まあ値段なりの中身だ。いただきます、と手を合わせるとセツがこちらを見た。

　まっさきにスイートを出ていっただけあって、セツの弁当はすでに半分ほど食べ進んでいる。横には読み込んで丸まった割本が置かれている。閉じているのを今日初めて見た。苦闘していたセリフを入れるための時間を、思いがけず一時間余計に得たからだろう。

　眉間《みけん》のシワも消えているのを見て、つい、マイルールを破ってセツに話しかけた。

「なんか、落ちつかないね。消えものは消えるしセリフは変わるし」

　セツはマカロニを咀嚼《そしゃく》している。返事がないので続けた。

「君は、セリフを入れる時間ができてラッキーかな」

「……まあ。テレビドラマでこれだけ喋《しゃべ》るのは初めてだし」

「また何か起きるんじゃないかな」

「はい？」

「消えものは消えたけど代わりが来る」

「犯人はもう満足したでしょ。エクレアを六個も食ったんだから」

「消したのは撮影を妨害するためだったとしたら？　また何かするかもしれないでしょう？」

　タイアップ商品を台無しにしてまで撮影を妨害しようとしたのだ。代わりが来たからといって、犯人がすんなり諦《あきら》めるとは思えない。

「スタッフが何とかするんじゃないですか」

　まだ天ぷらとみかんに手をつけていない弁当に、セツが質問を遮るようにフタをした。

　そして「お先に」と立ち上がる。え、と小さく声が出た。

　スイートには呼ばれるまで入れない。空き時間を利用して、睦月が番宣用のコメント撮りとドラマＤＶＤの特典映像に入れるインタビューを収録することになったからだ。

江川は別室でお茶をという申し出を断られてがっかりしただろう。

　セツは弁当箱をゴミ箱に捨てて足早に社員食堂を出ていく。今、左右田とセツの居場所はこの社員食堂だけだ。スイートに戻れるまで、どこにいる気だろう。

　弁当を食べ終えると、もうやることがない。新聞はうっかりスイートに置いてきてしまった。割本で、暗記するほどでもない自分のセリフとカット割りを見返しているうちに、ついまた考えていた。

　エクレアさんが冷蔵庫に収まってから、スタッフが消えているのを発見するまで、ライティング待ちとリハーサルで一時間ほど時間があった。その間何をしていたか、ボールペンを取り出し、割本の余白にメモをしながら思い出す。

撮影の準備中、セツがエントランスホールからリビングに入ってきたのを思い出した。もしかしたら、その前にセツはエクレアさんを消したのかもしれない。

セリフを入れる時間を稼ぐためだ。エクレアさんがなければ撮影が進まない。衝動か、それとも狙いすましてか、人目がないタイミングで食べてしまったのかもしれない。女性向きのきゃしゃなエクレアさんなら、あっという間に食べられる。

とはいえ、小さくとも六本。だから、今も弁当を半分以上残した。腹一杯で食べられないからだ。

しかし、セツはまだまだマイナーな役者だ。エクレアさんに手を出して撮影を滞らせたことがバレたら役者生命の危機だろう。そこまでのことをするだろうか。それともスタッフの誰かと因縁でもあるのだろうか。

江川ならどうだろう。得意げに宣言した江川の姿を思い出した。

——私が何とかします。

——私がご案内しますから。

主演ドラマの撮影で気合いが入っている睦月に話しかけようとしても相手にされない。撮影が終わればただちに現場を出てしまい、おそらくもう今日ほど近寄れるチャンスはないだろう。

江川は睦月のデビュー作も観《み》ていたのだから、睦月のファンかもしれない。少しでも一緒に過ごすために時間が欲しくて、エクレアさんを消したということも考えられる。

左右田が「江川」と書いた文字の横にハートマークを書き加えたとき、近づいてきた男にぐいと顔を覗《のぞ》き込まれた。

「お父さん？」

「ウキオ？」

ハウスキーパーの制服を着た男は、以前、舞台で親子を演じた俳優だ。「ウキオ」というのは息子の役名だ。顔を合わせるのは久しぶりだがすぐに思い出した。舞台は共演者と長い時間を一緒に過ごすからだ。

「え、今、三七一一号室で撮ってるドラマ、お父さん、出てるの？　っていうか、まさかのコンシェルジェ役？　ちょっと待ってて」

ウキオは少し離れたテーブルに行き、同僚たちに断ると、菓子パンとコーラを持って左右田の向かいにやってきた。

「ウキオはここでアルバイト？」

「うん。三十五階担当。ここのハウスキーパー、売れない役者とか演劇系のやつが多いんすよ。ほら、下北沢とか中央線の演劇エリアに電車一本で行けるし、時間も自由がきくから。まあ、髪を伸ばしたり染めたりできないのはネックなんすけどね」

ウキオは快活に喋りながら、「いいなあ」と割本を興味津々《しんしん》で見た。

「須永睦月もいるんでしょ？　お父さんなんか喋った？」

「何でいるって知ってるんだよ？」

「ハウスキーパーはみんな知ってるよ。業務用エレベーターで一緒になった奴《やつ》らが自慢しまくってたもん」

上目遣いになったウキオが左右田ににじり寄った。

「ね、お父さん、俺、秒でもいいからこのドラマ、出られないかなあ。部屋に来たハウスキーパー役でもいいっすよ、このまんまで。俺がハタキを掛けてるとこ、かっこいいっすよ？」

いいかもな、と笑って受け流そうとしたが、ウキオは流させない。

「お父さんが言いづらかったら、現場に連れてってくださいよ。三七一一号室。ね、ちょこっとでいいから。俺のこと見たら、プロデューサーか監督がその気になるかもしれないじゃないっすか」

黙り込んだ左右田を「どうかした？」とウキオが覗き込む。

――現場に連れてってくださいよ。

もしも、ドラマの撮影を見たくて忍んできたホテルのスタッフの誰かが、ドアロックに噛《か》ませた厚紙を見たとしたら。つい、中に入った可能性だってある。

現場に連れて行けとねだり続けるウキオに辟易《へきえき》しながら一時間を過ごしたところで、携帯電話でスタッフから呼ばれた。業務用エレベーターで三十七階に上がりながら、左右田はエレベーターホールに放置されたルームサービスのワゴンを思い出した。

エクレアさんもこの業務用エレベーターに乗ってやってきたのだ。そして三七一一号室に運び込まれるのを見かけた誰かが侵入して、冷蔵庫に見当をつけて、哀れなエクレアさんを貪《むさぼ》った。

だとしても、なぜそんな危険を冒すのだろう。金を払って食べれば済むことだ。スタッフの誰かに恨みでもあるのだろうか。

想像を膨らませていると、エレベーターのドアが開いた。エレベーターホールで固まって喋っていたハウスキーパー五、六人と目が合ったので、左右田は会釈をした。

年配の三人が揃《そろ》って険しい表情のまま、左右田のメイク顔と美術担当者が作った偽物《にせもの》のネームプレートをじろりと見る。

「お世話になってます」

ロケ先での定番挨拶をして行き過ぎようとしたとき、年配の一人が「ねえ」と左右田に声を掛けた。

「ドラマの人でしょ？　何かヘンなことが起きたりしてない？」

「どうしてですか？」

「そこ、ゴミ置き場を誰かが漁《あさ》ったみたいなのよ」

「漁った？」

　ハウスキーパーたちにゴミ置き場を見せてもらった。現場入りするときに見た、エレベーターの左横にある清掃倉庫、兼ゴミ置き場だ。巨大な半透明のゴミ袋が山積みにされているが、手前に落ちている何袋かの縛った口がほどかれている。

　撮影スタッフが出したらしきゴミも置かれていた。半透明の袋越しにスケジュール表や丸めた紙、剝《は》がしたガムテープなどが見える。若いハウスキーパーが遠慮がちに、年配の三人に言う。

「お客さんの忘れものを探したんじゃないですか？　フロアマネージャーの誰かが」

「それなら私らにやらせるわよ。あいつらゴミなんか触らないもん」

ねえ、とうなずき合う三人に左右田は尋ねた。

「漁られたのは、何時ごろのことですか？」

「今さっき見付けたのよ」

「えー、俺らが休憩に出る直前にゴミを捨てたときは、何ともなかったですよ」

「一時間くらい前」

若い二人も揃ってうなずく。

だとすると、ゴミを漁られたのは一時間前から今までの間。撮影が中断したあとのことだ。

年配の三人が左右田を囲む。

「ねえ、ドラマの撮影、大丈夫なの？　須永睦月もいるんでしょ」

「須永睦月のストーカーが紛れ込んでたりして」

「睦月ちゃんのゴミが欲しいー、みたいな」

本物のネームプレートを付けた男の顔が頭に浮かんだ。

「あの、このゴミって、回収されるのはいつなんですか？」

「明日の朝。お客さんの忘れものがまぎれてるといけないから、すぐには捨てないの」


だとしたら、この男ではないということだろうか。

左右田はスイートに戻り、リビングで江川がエクレアさんの代役を披露するのを見ながら考えた。新たに運び込まれた皿の上に、丸い笑顔のような小さなキッシュが載っている。スライスした黒いトリュフと白いフォアグラ、赤いドライトマトが微笑《ほほえ》みを描いているのだ。

「フォアグラとトリュフのキッシュです。ウチで行う結婚披露宴のディナーコースのスターなんですよ。このスイートは結婚式絡《がら》みで使われることが多いから、ちょうどいいって思いついて。ちょうど今日、ウエディングフェアで試食会をやるところだったから、頼み込んで何とか。おいしそうなのを作ってくれるように見張ってましたよ」

「おいしそう」

「結婚式はぜひ当ホテルで」

江川はキッシュを見つめる睦月の横顔をうっとりと見る。

しかし、ゴミ袋は今漁らなくとも明日の朝までゴミ置き場だ。ホテルの人間である江川は、撮影が終わったあとで好きなだけゴミを漁ることができる。わざわざ睦月のそばにいられる貴重な時間を削ってまでゴミ置き場に行くだろうか。

割本に書いた江川の名前に心の中で線を引いて消していると、後ろから監督の声が聞こえた。

「セリフのここ、エクレアからキッシュに変更ね」

「うまそうだな、このキッシュ。フォアグラが、たまらないねえ」

セツが口の中で唱えながら割本のセリフを書き換えている。相次ぐ変更で極限状態なのか無表情だ。

さっきさりげなく探りを入れたら、社員食堂を出たあとはトイレの個室にこもっていたという。セリフを入れていたのだと。

本当か嘘《うそ》かは分からない。しかし、セツがなぜゴミを漁るのだろう。

ホテルのスタッフが侵入した可能性もある。一応言っておこうとプロデューサーを探した。現場の指揮者だけあって、時間が押してピリピリしている空気を和らげようとしてか、窓際でスタッフを見渡して明るく声を掛けている。

「いやー、雨降って何とかだよね！　キッシュさんは映えるし、夜景は撮れるし！」

カーテンが開けられ、きらめく東京の夜景が一望できる。夜になってしまったので、もう景色の「つながり」を気にする必要はない。夜景込みで撮影することになったのだ。

「素敵な夜景に乾杯」

ふざけて色っぽい声を出した睦月が、デスクに置いたコーラのペットボトルを手に取った。細い指がフタをねじ切った瞬間、褐色の泡が飲み口から噴き出した。

きゃ、と睦月が悲鳴を上げて腰を引く。左手で持ったボトルから噴き出した泡が部屋着の胸元、腹に飛び、マグマのようにボトルを伝い落ちる。プロデューサーが慌てて睦月の手からボトルを取る。

「やだ、もう……！」

睦月は泣きそうになりながら、部屋着の胸から腹へと掛かったコーラを上半身を折るようにして払い落とし、渡されたティッシュで拭《ふ》くと慌ただしくリビングを駆け出していく。プロデューサーとスタッフ数人が追いかける。

監督がうなり、スタッフが慌てて台本をチェックする。

「クルミ、着替えられないだろ」

「ええ、前のカット撮っちゃってますから、着替えるとつながらなくなります」

景色と同じだ。シーンの途中で突然衣装が変わっているわけにはいかない。

「エクレアさんの次は衣装かよ……」

「この部屋呪《のろ》われてるんじゃ」

うっかり口走ったスタッフが監督にはたかれる。聞こえたか、と江川を見ると、早くもデスクの電話をプッシュしている。

「広報の江川です。至急三七一一号室にハウスキーパー寄越して。急いで」

「誰かが振ったんですかね」

小さい声が聞こえて顔を向けると、セツが見えないボトルをシェイクしてみせる。

プロデューサーがデスクに置いていったコーラのボトルを見た。冷蔵庫に一緒に入れた他のボトルと同じく「睦月／クルミ」と名前を書いた養生テープが貼ってある。

何かがおかしい。何かが引っかかっている。

左右田はコーラが噴き出した瞬間を頭の中でリプレイした。睦月がフタをねじ切る。

コーラが噴き出す。睦月の胸から腹へと飛び散る。

左右田の頭の中でも、ボトルの栓が弾《はじ》けて飛んだ。

溢れ出たものに押しやられるようにバスルームに向かった。開け放たれたバスルームのドアの前には、指示を待ってかスタッフが三人ほどいる。その後ろから覗き込むと、仕切りガラスの向こう、バスタブとシャワーがあるスペースで、睦月とプロデューサー、女性スタッフが話をしている。

胸元の染《し》みが取れないのか、睦月が私物のバッグから小さく丸めた青いストールを取り出し、胸元に当てて隠してみせる。プロデューサーが外のスタッフに「監督を呼んで」と命じる。

通路を後ずさりした。寝室ではなくエントランスホールに向き直り、早足で出口に向かう。

「ちょっとトイレに」

居合わせたスタッフに言い捨て、怪訝《けげん》そうな顔をあとにスイートルームを出た。

数分でスイートルームに戻ると、幸いなことにまだ撮影は待機中だった。

リビングに入ると、セツが不思議そうに左右田を見る。睦月は肩に掛けた青いストールを両の太腿《ふともも》までふわりと垂らして胸と腹の染みを隠している。シルクシフォンに似ているが化繊だろう。仕事でさまざまな衣装を着てきたのでそのくらいは分かる。つながりのために、これから撮るカットの頭に、肌寒いからとストールを掛ける画《え》を入れるそうだ。

江川は解説でもしているのか、睦月にハウスキーパーを示して何か言っている。絨毯のコーラがこぼれた部分を掃除させているのだ。

左右田は目指す人物に向けて一歩踏み出し、そして止まった。

やめておけ、と自分に言い聞かせる。撮影をこれ以上混乱させるような事態にしてしまったら、もう使ってもらえない。所属事務所にも迷惑を掛けるかもしれない。

「すみません。少し、いいですか？」

それでも声を掛けていた。睦月が江川から左右田へと体の向きを変える。

「待ちの間に次のシーンのセリフ合わせをお願いできますか」

「え？」

「お願いします」

表情は穏やかに、口調はきっぱりと。生徒に向き合う貫禄《かんろく》たっぷりの校長先生を演じてみた。

「はい」

睦月は怪訝そうだ。左右田にセリフ合わせをするほどのセリフはないからだ。しかし睦月は江川に「失礼します」と断って、リビングの入口に向かう左右田についてきた。江川にうんざりしていたのかもしれない。

開けっぱなしのドアの向こうに、出番を待つキッシュさんが見える。スタッフの一人がキッシュさんの護衛に当たっている。

「おいしそうなキッシュですね」

「ええ」

「エクレアもおいしそうでしたね」

割本を開く睦月に、思い切って切り出した。何が言いたいのか、と問いたそうな眼差しが左右田に向けられた。

「考えてみたんです。エクレア、消えものがなぜ消えたか」

「……不思議ですよね」

「時間稼ぎかと思いました。セリフを覚える、あるいは何らかの作業が滞って時間が必要だった。それか、撮影を中断させるため。愛着、あるいは恨み。スタッフ、キャストに何らかの気持ちを持っていて、撮影を中断させたい。でも、撮影を中断させるなら、他にいくらでも方法がある。中断させるために消えものを消すなんてあまりにもまだるっこしい。犯人は、撮影を中断させたかったんじゃない、消えものに消えてほしかったんじゃないでしょうか。邪魔だから」

　睦月の前に、割本のページを開いた。細かく書き込まれたカット割を指差す。

「消えものが載った皿のアップ。口に運ぶ手元を追う。食べているカット。これから撮る、消えものが登場するシーン二十七の陰の主役は消えものです。前はエクレアさん。今はキッシュさん。グルメドラマが愛されるように、食べもののビジュアルはインパクトが強い。視聴者の小腹が空《す》いてくる深夜ならなおさら」

「セリフ合わせ、しないんですか？」

「今から撮るシーンはドラマ全体の山場、主役にとっては一番の見せ所です。あなたはそれを奪われたくない。だからライバルを消した」

　睦月が唇を噛み締めてうつむいた。

　肩を震わせてすすり泣きを始める。離れて見張っていたのだろう、江川がすかさず歩み寄ってくる。

「睦月さん、どうしました!?」

「ちょ、左右田さん、何してんの？」

　プロデューサーも続く。嘘泣きをする睦月がどうだと言いたげにちらりと目を上げる。

　その目の前で拳《こぶし》を開き、握っていた小さな布片を見せた。

　睦月が嘘泣きをぴたりと止めた。

駆け付けた江川が、ついでプロデューサーが驚いて足を止める。睦月がいたずらっぽく二人に笑いかける。

「やだ、泣くシーンの演技を相談してたんです。このドラマのクライマックスでしょう？」

「びっくりした、左右田さんに泣かされたのかと思ったよ」

「さすが女優さんだなあ」

プロデューサーも江川も納得する。「セリフを合わせるから」と二人を追い払った睦月が、一転して睨むように左右田を見る。負けずに続けた。

「おそらくライティング待ちの間でしょう。想像ですが、エクレアを見て消そうと決めたあなたは、メイクさんのリップグロスを隠すか何かして、探しに行くように仕向けた。一人になり、折を見てエントランスホールに忍び入って、エクレアさんを消した。食べてしまったのでしょう。それが一番だ。女性向きに作ってあるだけに食べやすいし、食感も軽いからすぐに消せる。でも、狙い通り主役の座を奪い返すことはできなかった。すぐに代役が来ることになってしまった。ならば、相手の見栄《みば》えを落とすしかない」

拳の中の布片を再び出し、睦月に見せた。「失礼」と胸元に掛けたストールに近づける。

同じ布だ。睦月がびくりと身を引き、気付いて慌てて止まった。

「ゴミ置き場で見つけました。このフロアのスイートはウエディングの控え室に使われているそうです。披露宴で使った装飾を持ち込んだり、新郎新婦のために部屋を装飾したりもするでしょう。使用済みのデコレーション素材がゴミ置き場にたくさんありました。水色、紺色、青緑色。結婚式といえば、白の次に青です。幸せを呼ぶからと結婚式で使われるサムシングブルー。そして、青は食べものを不味《まず》そうに見せる色でもある」

キッシュを食べる動きをしてみせた。

「胸元に青い布を掛けていれば、バストショットも皿のアップもキッシュさんのバックは青。ガラステーブルだから皿を上から撮っても、膝《ひざ》まである青い布がフレームインする。エクレアさんの代役が来ることになり、犯人はゴミ置き場に下げてあった青い布をこっそり持ち出した。それを身にまとうために、こっそり振っておいたコーラを自分の胸元に掛けた。ライバルを見劣りさせるために」

睦月の答えを待った。

濃いメイクをほどこした顔に、やがて怒りが滲《にじ》んだ。

「……フードポルノ」

知っているか、と詰めよるように、睦月が左右田を睨みつけた。

フードポルノとは、おいしそうな料理の写真をＳＮＳやインターネットに掲載することだ。ポルノグラフィーが性欲をかき立てることを、料理写真と食欲になぞらえた造語だと、いつか新聞で見た。

「……深夜ドラマを見てるときに、SNSや掲示板の実況を見るでしょう。食べものが出てくると、『おいしそう』『飯テロ』『腹減った』『食べたい』『どこで買えるかな』って……。一気に食べものの話になる」

「それは視聴者の一部でしょう」

「登場人物なんてかすんじゃう。フードポルノに気を取られて、誰も登場人物なんか見てない。キャストは睡眠時間を削って頑張ってるのに。必死なのに。それでも、前のドラマでは八百円のお弁当が出てたのに、次のドラマでは五百円のになっちゃったり……」

社員食堂で食べたロケ弁を思い出した。

数多《あまた》の現場でいろいろ食べてきたから分かるが、八百円と五百円では明らかに見た目が違う。睦月はこのドラマのロケ弁を通じて、自分がおかれた現実を突きつけられたのだろう。

「人の心をつかまないと生き残れない。だから練習して、練習して、勝負をかけたシーンをフードポルノなんかに邪魔されたら、キャストは許せないですよね」

睦月が左右田を見据えた。

「私が消えものにされるなんて許せない」

「消えものにしないためだとしたら？」

眉《まゆ》をひそめた睦月に向かって左右田は続けた。

「一人でセリフを言って泣くだけのシーンは、よっぽど演技が上手《うま》い役者が演じるのでない限り、シーンがもちません。視聴者にザッピングされて逃げられてしまう。消されてしまうんです。だから作り手側は知恵を絞る。視聴者を引き止めるために、おいしそうな食べものを一緒に出す」

――一人で悩むシーンはシャワー。

知り合いの脚本家に聞いたことがある。

全裸でないにしろ、シャワーを浴びながら悩むシーンにして肩や背中、脚をちらつかせれば、視聴者を少しは食い止められるという意味だ。

しかし、清純イメージで売っている睦月はシャワーシーンが許されない。そこでエクレアさんやキッシュさんが召喚されたのだ。

「フードポルノで引き止める。邪道かもしれません。プライドが傷つくのも分かります。だけど、ドラマは観てもらわなければ始まらない。視聴者に食いついてもらえなければ、山のようにあるエンタメコンテンツに埋もれて消えてしまう」

「私は食べものなんかに頼らなくても、視聴者の心をつかんでみせます」

左右田は手のひらを睦月の顔の前に振り上げた。

ひゃ、と睦月が手で防御し、ついで左右田を睨んだ。

「何するんですか」

「人は襲われると防御する。液体が噴き出したときも、まずは手で遮る、あるいはフタを押さえようとするはずです。まして大切な衣装を着ているわけですから。あなたはそれをしなかった」

下手くそな演技。左右田はそれを見て、睦月が怪しいと気付いたのだ。

睦月が口を押さえた。

手のひらの間から、やがて小さな笑い声がこぼれた。目には自嘲《じちょう》の笑みが浮かぶ。

左右田は言い添えた。

「キャリアは点です。一つ一つ丁寧に点を打って、それを繋《つな》げて、消えない線を描いていくんです」

そっと睦月に青い布片を差し出した。

細い指がそれをつまんで握りしめる。

周囲のざわめきが一気に高まった。ハウスキーパーが口々に挨拶しながら出口に向かう。スタッフが左右田と睦月に呼びかける。

「お待たせしました。撮ります」

「すみません」

睦月が足早にバスルームに向かった。プロデューサーが「急いで」と声を掛ける。

「またメイク直し？　気合い入ってんなあ」

独り言のように左右田に言ったセツは、すっかり険が取れている。割本を閉じているところを見ると、相次ぐ中断のおかげでセリフを全部入れられたのだろう。ニックネームなのか、「ミトケン」と呼ばれてメイク担当者の元に行く顔も朗らかだ。

バスルームの方向に向いて睦月を待つ。青い布をどうするかは分からない。それは睦月が選ぶことだ。

スポットライトを浴びたい。自分の存在を刻みつけたい。左右田の中にも睦月と同じ炎が燃えさかっていた頃があった。自分というグラスに水を注いだのは、熱で歪《ゆが》んでしまうのが怖かったからかもしれない。

睦月に真相を確かめることで、自分はもう一度炎の輝きが見たかったのではないかと、左右田は気付いた。

田中兆子

居酒屋むじな

田中兆子　Tanaka Choko

1964（昭和39）年、富山県生れ。2011（平成23）年「べしみ」で「女による女のためのR-18文学賞」大賞を受賞。著書に『甘いお菓子は食べません』『徴産制』『私のことならほっといて』などがある。

おれたちはみな、ひとりでその店に行った。家族がいて、友だちや知り合いがいて、仕事仲間や部下がいても、おれたちは本質的にひとりぼっちだったからだ。

　おれたちは、毎晩その店に行ったわけではなかった。金がなかったり、夜勤のシフトが入っていたり、夜景の見える高級レストランで接待があったり、母親のおむつを替えなければいけなかったりしたからだ。それに、店のおかみさんは一週間に十日来たっていやな顔をするどころか酒の一杯もおごってくれるだろうけど、あの弟ときたら、この客め、かわり映えのしない顔をまた見せに来やがって、あんたには粋《いき》とか含羞《がんしゅう》とかいうものがないのかね、というような目つきをよこすのだ。いや、あの弟が最初にそんなふうになるのは、常連ぶった、どこか尊大な、なれなれしい態度で店にはいってきた者に対してだけなのだ。たとえ何十回店に来ていようが、さっぱりと礼儀正しくのれんをくぐれば、そりゃあ笑顔を見せたりするような芸当はできないし、そもそもむじなそっくりでぬんぼりとしていて表情が読めないのだけれど、目の奥が笑っているのがなんとなく、わかるのだ。

　おれたちは、運河のほとりにあるその店に歩いて行った。家から店まで歩いて十分の者がいた。旅から戻ると自宅とは逆方向の地下鉄に乗り、最寄り駅で降りてから二十分歩いて店に来る者がいた。海を一望できるオフィスを出てタクシーに乗るけれど、途中にあるコーヒー店で降りてオリジナルブレンドの豆を買ってから、店まで歩く者がいた。おれたちは少し高台になっている河べりを、一月の晴れた日は気持ちよい風が吹き渡る道を、七月の曇りの日は憂鬱《ゆううつ》なもやに包まれている道を、十一月の雨の日はまるでおのれの人生のように四方八方が暗く灰色に沈んでいる道を、ゆっくりと、あるいは足早に歩いて店に向かった。歩いているこちら側にはあまり手入れのされていない木々で覆《おお》われた公園があり、運河をはさんだ向こう側には高層マンションやオフィスビルが立ち並んでいる。運河の幅は百メートルほどで、岸から河面《かわも》に向かっては、すぼまるように傾斜がついた菱形《ひしがた》のブロック塀で覆われ、深緑色の水が静かに流れている。昔はもっと汚かったとおかみさんが言っていたが、昼間に来ることがないから、ここの水がどれくらいきれいなのかはよくわからない。

　おれたちが目指すその店は、広い運河のはしっこにしがみつくように建っている木造二階建ての小さな建物だ。間口一間、ハの字型の三角屋根は黒い瓦葺《かわらぶ》きで壁は杉板張り、焦茶色《こげちゃいろ》の杉板のところどころが風雨にさらされて白っぽくなっており、かなり年季がはいっている。かつてこの一帯はそういう建物だらけだったらしいが、今は取り壊されたりコンクリートのビルに変わっていたりして、その店だけが時の流れに取り残されたかのようだ。あまりのみすぼらしさに廃屋と間違えられるらしいが、昼間死んだふりをしている建物は、たそがれ時になれば「むじな」と黒い文字で書かれた細い縦長の赤提灯《あかちょうちん》がともり、縄のれんが出て、ひっそりと一軒の居酒屋が生まれいづる。

　おかみさんは六十代くらいで、服は派手で化粧が濃く、その店とは別にもう一軒スナックを持っている。八時頃から顔を出し、二時間ほどでいなくなることが多い。弟は、おかみさんの実の弟で、おかみさんとはさほど年が離れていないと思われる。背はあまり高くなく、頭がはげていて腹が山のようにぽっこりと前に突き出ており、狭いカウンターで客に向かって立つともはや前後には動けない。年中黒いＴシャツと黒い半ズボンで黒のアディダスの帽子をかぶり、黒いエプロンをつけ、くたびれたスニーカーをはいている。おかみさんには夫と娘がいるが、弟はひとり者で、その店の上で暮らしている。その店は、おかみさんの夫の叔父さんが所有している建物だという。

　建てつけの悪い木の引き戸を開けて入ると、中はカウンターだけで、客はみな右を向いて座っている。とても狭く、つめて座っても六人が限度、椅子《いす》に座ると椅子の背もたれから壁までの距離が三十センチくらいしかないから、人が後ろを通るときには難儀するが、そういうことはめったにない。奥に向かってカウンターがわずかに右に折れ、そこに一人分の席があるのだが、カウンターの前のほうにまねき猫の置物や色あせた造花や茶色い酒の甕《かめ》などが並べられているので、誰が座っているのかはよく見えない。誰もいないと思ったら、小さなしわくちゃの老婆が座っていてびっくりしたことがある。コップ酒を飲んで勘定を払って自分の足で歩いて帰っていった。あるときは、顔の大きな三毛猫がいて、椅子にちゃっかり座ってこちらを見るなりチェシャ猫のように歯をむき出しにした。弟に、猫は嫌いだからどけてくれといったら、片手でつかんで抱っこして、外に追い出してくれた。その後、この店にはあまりかわいくない三毛猫がいるねという話をおかみさんにしたら、猫など飼ってないと言われた。弟を見たら、知らん顔された。

　その店は、何のことわりもなく突然閉まっていることもあればしばらく休みになっていることもある。店にはＨＰどころか電話すらない。店が開いているかどうかは、河べりをひたすら歩いてようようカーブのある場所まで行き着き、あのぽっちりとした赤い灯りがともっているかどうかを確かめるしかない。店が勝手に休みになることに文句を言ったら、おかみさんは申し訳ないと平謝りするが、あの弟ときたらまた、この客め、おれが行きたいときに開いてないのはふてえ店だとぬかしやがって、てめえは何様のつもりだ、世の中の呑《の》み屋がみな、金儲《かねもう》けやお客のために毎日律儀に店を開けると思ってるなら大間違いだぜ、というような目つきをする。

　昨日の試合で、最後、フロッグスプラッシュ二連発を鮮やかに決めたことを思い出しながらいい気分で河べりを歩いてきたのに、カーブに来たら灯りが見えなくて、誰にぶつけようもない怒りが湧《わ》き上がり、道ばたにあった石ころを店に向かって投げつけ、あんな店二度といくもんかと思ったのに、またしばらくすればいそいそと河べりを歩いているプロレスラーもいる。灯りが見えないのはあの弟に何かあったのだと心配し、毎日河べりを歩いて灯りがともっていないのを確かめ、やっと灯りがついたと思ったら財布の中には金がなくてそのまま帰った主夫もいる。灯りが見えないのは電気の故障だと思って店の前まで行き、店の戸をとんとんと叩《たた》くと、ほんのりと灯りがともったというビジネスマンもいる。思いがけず灯りがついていたのであわてて店に向かったのに、スマホがふるえてそちらに一瞬目をやった隙《すき》に灯りは消えており、引き戸のガラス越しに店の中をのぞいても真っ暗、人のいる気配はまったくなくひっそりとしていて、なにやら背中がひんやりし、すぐにその場を立ち去った詩人もいる。

　おれたちはあの弟とあまりしゃべらなかった。弟は無口で、自分から話しかけることはめったになかった。それでも興が乗れば、下手な冗談を言った。しかし、無愛想で無表情だと思った客もいるかもしれない。というのも、横柄《おうへい》な態度を取る客に対しては返事もいい加減で、ウシガエルのような何をかんがえているのかわからない顔つきになるのだ。けれどもたまに、誰に対してもウシガエルになった。悪気があるわけではなく、調子が悪くてほんとうに客の声が聞こえていない、というのが正しいような気がする。

　会話がなくても、おれたちは気まずい思いをすることはなかった。入口のそばに小さなテレビがあって、店が開いているときはつけっぱなしだったから、それがＢＧＭ代わりだった。たいていは毒にも薬にもならないバラエティ番組やプロ野球やサッカーなどのスポーツ中継がちょうどいい音量で流れていて、おれたちはぼんやりと画面を眺めた。選手がヒットを打ったりシュートをはずしたりすると、たまに、誰に聞かせるでもなく「おっ」とか「あー」という言葉をあげたが、それをきっかけに隣の客と会話をかわすということもなかった。おれたちはみな人見知りで、もしひとりの客がいたら、その席から一番遠い席に座るのが習いなのだ。そもそも、客がひとりだけということのほうが多かった。

　おれたちはおかみさんとはしゃべった。おかみさんはカウンターの中に立つことはなく、いつもカウンターの席に座って客と話した。弟とは正反対で、明るくて気さくで、押し出しがいい女性だった。弟の店のことは気になるが、我慢して弟の好きなようにやらせている様子がうかがえた。おかみさんが店に来たときも、帰るときも、弟は表情を変えず声もかけなかった。おかみさんが弟に話しかけることはめったにないが、たまに客に聞こえないように話をするときは、ちょっときつい顔になった。

おれたちがその店に行くのは、うまい酒や肴《さかな》があるからではない。メニューがまったくないのは店のこだわりではなく、あの弟はむじなだから字が読めないのだということになっている。酒は安いが、ビールだろうが焼酎《しょうちゅう》だろうが日本酒だろうが一種類しか置いてなくて、銘柄など言うだけ無駄だ。おれたちはそんなことは気にしない。「ビール」と言えばビールが出て、「日本酒」と言えば間違いなく日本酒が出てくるのだ。おれたちはラベルに書かれていることを飲みに来ているのではなく、ただ、酒を飲みに来ている。

ごくごくたまに、ワインを注文する客がいる。店にワインはない。すぐに他の酒を頼む客は問題ない。何でワインくらい置いとかないんだとぐずぐず言い出すと、あの弟に叩き出される。おれたちは、こんな風体の店でワインなんか頼むのが間違っていると冷ややかな視線を送る。あるいは、この店は客を何だと思ってるんだ、こんなことで客を追い出すのか、と訴える客を気の毒に思う。あるいは、あの弟はむじなだから人間の常識は通用しないのだ、と心の中でつぶやく。

肴は、カウンターから見えるように二、三皿並べられたその日の惣菜《そうざい》、それと焼き海《の》苔《り》。おれたちがカウンターの端にある「海苔」と書かれた四角い缶を指差すと、弟は缶の中から干し海苔を取り出し、手ごろな大きさに切り、炭を入れた七輪にかざして一枚ずつ丁寧に焼いてくれる。おれたちはその焼きたてをぱりぱりと音を立てて食べる。あの弟は一番好きな食べ物が海苔なのだという。その海苔は確かにうまいので、どこで売っているのかと尋ねてみるが、教えてくれない。あとは、弟がたまに料理をつくってくれる。おれたちは、弟に野菜炒《やさいいた》めをつくってもらった。味は悪くないが油が多すぎて野菜がべたべたしていた。卵炒めもつくってもらった。味がついていなくて、文句を言ったらケチャップを渡された。むじなそばもつくってもらった。むじなそばとは、お揚げ（きつね）と揚げ玉（たぬき）が一緒にはいっているそばで、「同じ穴のむじな」ということわざに引っ掛けてそういう名前になったという説もあるらしいが、これが弟のつくるもので一番うまく、食べると妙に元気になった。けれどもめったにつくってくれなかった。

★

私と弟は、六つ違いなのよ。弟が生まれて、初めてうちに来たときのことはよく覚えてる。寝ている弟がほんとうにちっちゃくてかわいいから、私は母に見つからないように、こっそり弟のほっぺたにキスしたの。おませな子だったのよ。

キスは大人のすることだと思ってたから、見つかったら母に叱《しか》られると思って、どきどきした。それに、どうしてだかわからないけど、弟は母のものだと思ってたから、キスする私を見て、母が弟を横取りしたってやきもちを焼くんじゃないかとひやひやもした。弟の頬は私の唇にすいつくようにやわらかくて、でも産毛《うぶげ》のちょっとざらっとした感じもあった。キスしても弟はぐっすり眠っていて天使みたいだった！　弟の顔に太陽の光がやわらかく差し込んでいて、白いレースのカーテンが風にゆれて、アコーデオンを弾いてるみたいにふくらんだりすぼまったりした。

あのときが、弟への愛情のピークだったわね。

もちろん、弟のことはずっと大事に思ってるのよ。だけど、弟には苦労もしてきたから。

弟は、ほんとうは頭がいいの。子供の頃、鉄道の駅の名前を全部言えたし、本だっていっぱい読んでた。でも、人と同じことができなかったり、こうしなさいって言われても言うことを聞かなかったり、友達と一緒に過ごすよりひとりでいるほうが好きだったから、いじめられることが多かった。それで学校に行かなくなり、勉強もしなくなって、まともな職につくことができなかった。私が十二のときに父が病気で亡《な》くなって、母は私と弟を養うために働きに出ていて、私は学校に行っていたから、弟はいつも家でひとりで過ごしていた。

私たちが住んでいた場所は下町で、まわりにいる人たちはみな気のいい働き者だった。専業主婦なんかいなくて、働かずぶらぶらしてる男もめったにいなかった。だから、子供と大人のちょうど中間のような弟が学校も行かず仕事もせず、昼間、近所じゅう歩き回っているのはかなり目立ったんだけど、みんな弟のことをよく知っているから、声をかけてくれたり、逆にほうっておいてくれたのよ。

弟は小さな子供たちと遊ぶのが好きで、弟のことを理解して一緒に遊ばせてくれるお母さんもいた。だけど、子供に近づかないように弟を叱りつけるお母さんもいた。そんなとき弟は家に帰ると、とても落ち込んでいた。どうせ何を言ってもわからなくて傷つかないんだと思っている人がときどきいるけど、ちがうのよ。

二十歳をすぎた弟は、たばこ屋さんの娘が好きになった。耳が遠くなったおじいさんの代わりに接客するようになった、弟よりいくつか年上の、あまりきれいじゃないはにかみやの娘。弟はたばこを吸わないのに、毎日通って何かしら買って帰った。ライターとか、ライターとか、ライターとか。

ある日、弟がその娘に告白したのか、あるいは弟の気持ちに気づいた娘が何か告げたのかは知らないけれど、たばこ屋から戻った弟は、いきなり自分の部屋にある家具をどんどん家の外に放り出して、持ち上げて、家のすぐそばを流れているどぶ川に投げ捨てた。私はもちろん止めたけど、こういうときの弟は何を言っても聞こえていない。腕ずくでとめるなんて無理。それに、弟が今までに見たことのないような絶望的な顔をしていたから、私はすぐに弟が失恋したんだとわかった。うまくいくとは思ってなかったけど、かわいそうでかわいそうでたまらなかった。

タンスも机もゴミ箱もストーブもみんな捨てて、弟の部屋の中は空っぽになった。もし、私や母の洋服が入っているタンスを捨てられたら黙っちゃいなかったけど、弟の部屋のものだけだったから、私はわりと平然としていた。私と弟は、タンスがぷかぷかと川を流れていくのを、じっと見ていた。

それから、弟はおかしくなった。私や母とも話をしなくなり、ずっとぼんやりしていた。その次に、一日中家の前にホースで水を撒《ま》くようになった。一ヶ月の水道代がものすごいことになった。その次には人を見る目つきが険しくなり、人と目があうと突然殴ったりした。それで、入院させることになった。

母も私も弟のことで謝るのは慣れっこだったし、心根はやさしい子だから、とにかく人様に迷惑だけはかけないようにすればいいのだと思っていた。だから、弟が人に暴力を振るったことがとてもショックだった。弟が退院してきたとき、私も母もびくびくしていたけど、弟は入院前と比べると穏やかな顔つきになっていた。

家の周囲には新しいマンションが建ち始め、知らない住人がどんどん増えていた。大の男が何をするでもなく手ぶらでうろうろと公園などを歩いていると、とたんに怪しまれ、ときには苦情がきた。弟がテレビで若い女性歌手を食い入るように見ているのを横目で見ながら、私と母は暗い溜《た》め息《いき》をついた。弟を働かせたほうがいいと考え、知り合いの人に頼み、弟は近所にある倉庫に勤めることになった。

弟は毎日真面目《まじめ》に倉庫へ通った。仕事は単調でつまらないし大声でしつこく叱る先輩がいやだとたまにこぼしたけれど、特に問題を起こすことなく一年間働いた。

そしてある日、私が家に帰ると、家の中が乱れていてところどころがぽっかりと空いていた。弟がまた家具を運び出してどぶ川に捨てたのだ。今度は、私の服がはいっているタンスもなくなっていた。弟はそのまま家出し、五年間戻ってこなかった。

母は、弟が早く帰ってくるようにと毎日仏さまに手をあわせていた。私は正直な話、このまま戻ってこないほうがいいと思っていた。弟のいない間に私は結婚したけれど、夫には弟のことをぜんぶ話した。弟がもう帰ってこないような気がしたから、っていうより、私は隠しごとが苦手でおしゃべりなのよ。夫は目の前にいない弟のことにあまり関心がないようだった。

弟は、母も私も行ったことのない知らない土地で無銭飲食で捕まり、警察から母へ連絡が入った。弟は母のいる家に戻ったものの、五年間何をしていたか一切話そうとしなかった。ひどくやせこけていて、しばらくは寝てばかりいた。

やがてどんどん太りだした弟に、私はいい加減働きなさいと説教し、ビルの清掃の仕事を探してきた。弟は四十になろうとしていた。母が病気がちなので、いっそ私が母も弟も引き取ろうかと思ったけど、弟にはできるだけ自立してもらうことにした。申し訳ないけど、弟と私の娘を、同じ家に住まわせたくなかった。

几帳面《きちょうめん》で集中力があるのが弟の取り得だったのに、いつのまに怠け癖がついてしまったのか、仕事を無断欠勤したり、途中でいなくなったりすることが増えた。勤めている会社の社長さんがいい人で、それでも仕事を続けさせてくれたのだけど、母が亡くなった一ヶ月後、弟は仕事の最中にビルの三階の窓から飛び降りた。足を骨折しただけで命に別状はなかったけれど、仕事はやめざるを得なかった。弟は、自殺しようとしたわけではなくて、仕事をしたくなかったから飛び降りたと言った。

★

おれたちは、誰かにすすめられたり、評判を聞いてグーグルで探したり、客引きされたりしたのではなく、たまたまその店を見かけ、呑み助の勘でそののれんをくぐった。

おれたちがその店に行くのは、店が運河のそばにあるからかもしれない。運河でも川でも滝でも湖でも海でもいい。水のそばにある呑み屋はそれだけで素晴らしい。水のある景色を店から眺められればなおいい。だが、その店には窓がない。なのに店にいても、おれたちは水がすぐそばにあることを全身で感じた。河べりを歩いてきたおれたちの身体《からだ》のなかに、水の残像が、水の余韻が、水の残り香がゆらめいているからかもしれない。

おれたちがその店に行くのは、運河の真上に大きな空が広がっているからかもしれない。とくに夕暮れどきは、空に見入ってしまう。どこまでも空は続き、「死のように、夢のように腕を広げている」。この世に空というものがあることを、おれたちはその店に行くことで知った。それまでは、街を歩いていても、空を見上げることなどなかった。空の青さは目にはいっていても、青いと感じることはなかった。

おれたちのなかのひとりは、働きすぎて疲れすぎて、何も考えられなくなっていた。疲れているのに、眠れなかった。休みたいのに、常に動いていた。ふらふらと河べりを歩いていて、引き寄せられるようにその店に入り、あの弟にビールを頼んだ。飲み干すと、またビールを頼んだ。そしてまた飲み干した。知らないうちにカウンターで寝ていた。そのままほうっておかれたらしい。目が覚めると、あわてて勘定を払い、外に出た。体が軽くすっきりしていたので数時間は寝ていたと思ったのに、時計を見たら一時間しかたっていなかった。

　おれたちのなかのひとりは、太平洋を船で渡ってやってきて日本語が話せなかった。けれども身振り手振りや顔の表情で、何が飲みたくて何が食べたいのかを伝え、あの弟はそれを完璧《かんぺき》に理解した。勘定は紙に書いてもらって払った。「この店はとてもいい」と自分の国の言葉で言うと、うれしそうに笑った。こんなに気前よく、子供のように無邪気な笑顔を見せる日本人は初めてだった。また行くと、前と同じものを出してくれた。その店に行けば、言葉について何ひとつ考える必要がなく、くつろいで酒を飲むことができた。

　おれたちのなかのひとりは、店の前で地べたに座り込んでいる弟を見たことがあった。店を開けようとしたのだけれど頭がもやもやしてきて、途中でやめたのだと言う。店を開けてもらわないと困るので、弟のかわりにのれんを出し、提灯に灯りをつけ、弟にひと言告げて冷蔵庫からビールを出して飲んだ。ここでビールを飲むのが唯一《ゆいいつ》の息抜きなのだ。昨日の客のグラスや皿がそのまま置き放しになっていて、家でもそういうのは気になってしまうたちだから、つい洗って片付けてしまう。カウンターもきれいに拭《ふ》いて、目立つゴミは捨てる。そのうちに、弟はやる気が出てきたようで、何事もなかったかのように店のカウンターに立った。そういうことがときどきあった。けれども、どうしてもやる気が出てこないときには、どこかへ行ってしまった。

　おれたちの多くは、弟が、入ってきた客をいきなり断るのを見たことがあった。おかみさんの前でやらないのは、そんなことをおかみさんが許すはずがないからだろう。

　どういう基準なのかはさっぱりわからないが、身なりの良《よ》し悪《あ》しや態度の良し悪しに関係なく、「席はないです」と言った。席が空いていても躊躇《ちゅうちょ》することなく「そこはだめです」と言った。理由を聞かれると、「とにかくあなたはお断りです」の一点張りだった。それは見事なものだった。その客が憤慨して帰った後で、おれたちがおずおずと理由を尋ねると、弟は「なんとなくいやだ」と言った。おれたちは心底驚いた。なんとなくいやなだけで客を追い返すなんて、どうかしてる。客商売としてありえない。その一方で、嫌いな人でも受け入れるのが正しい大人だと教えられ、普段から言いたいことの十分の一も言えず、ＮＯと言うのが下手だったおれたちは、感動した。気持ちがすっとしたものもいた。でもなぜか自分まで傷ついてしまうものもいた。いつか、断られる側になるかもしれないとおびえるものもいた。

　たぶんそのせいだろうが、インターネット上でこの店について書いてあることは、悪口だけだった。断られたのは自分に何か非があったのかもしれない、と書いた者はひとりもいなかった。悪い評判が流れていることを知ったおかみさんが弟を叱りつけたが、弟は聞き流していた。もとから繁盛《はんじょう》している店ではないし、店は常に空《す》いていた。いつつぶれてもおかしくなかった。

おれたちは、自分がその店に行かない日は、店に誰ひとり客が来ないので、開店から閉店まで、皿の上の惣菜を干からびさせながら、あの弟がカウンターの中でぽつんと立っているのではないかと思うことがよくあった。他の店に対してそんなことを想像したことはない。もちろん、途中でおかみさんが顔を出すのだから、弟はひとりぼっちではないのだし、客が来なくても実はそれほどこたえないのかもしれないけれど、おれたちの脳裏に、ちょっと足をひきずるようにして歩く、弟の丸まった背中が浮かんだ。

あの日もそうだった。ニュースは朝からずっと台風の被害を伝えていた。超大型の台風は、夕方から午後八時ごろにかけて最も接近すると言われていた。ほとんどの人は不要不急の外出を控え、勤め人たちも今日だけはどこかに寄ったりせずに早めに帰宅しようとしていた。

しかし、おれたちはその店を目指した。こういう日こそ店に行くべきなのだと思った。いや、ただわけもなく行きたかった。それで、どしゃ降りのなかを傘をさして出かけた。

傘をさしてもあっというまにずぶぬれになるなかを歩いた。突風が吹いてビニール傘が壊れ、傘を捨てるゴミ箱を捜している間も何度も何度も風が吹きつけて、傘からはずれた透明なビニールがべろべろになってはためいているなかを歩いた。靴も靴下もぐっしょりと濡《ぬ》れて歩くたびに雨水が染《し》み出て気持ち悪くて、足の指がじわじわと冷たくなるなかを歩いた。体の向きを変えた途端に突風が吹き、レインウェアのフードがはずれて髪も瞬時にびしょびしょになってやけくそになりながら歩いた。隣を流れる運河がいつにない高い水位になっていて今にもあふれだしそうなのに、危ないから帰ろうという考えがひとつも浮かばないまま歩いた。少し高台になっている河べりの、これまでおそらく最も悲惨でばかばかしくて愉《たの》しい道を、おれたちはひたすら前に向かって歩いた。店が閉まっているかもしれないとちらと頭をよぎったけれども、閉まっていることが確かめられればそれでいいのだと思いながら歩いた。

　赤い灯りはともっていなかった。けれども、店の軒下にあの弟が合羽を着て立っていた。こちらを見ようと首をかしげていて、昔よく見かけた、徳利を片手に下げて立っているたぬきの置物に似ていた。聞けば、台風で停電になってしまったけれど、店は開けているので、自分が赤提灯の代わりに店の前に立っているのだと言う。そんなことはしなくていい、風邪を引くから中に入ろう、と言うが、弟は頑として聞かない。

店に入ると、二十センチ弱の細い懐中電灯が一本、天井から吊《つ》り下げられていて、ぼんやりした灯りの下で、三人の客が右を向いているのが確認できた。スマホで手元を照らしている人もいた。こんなにたくさん客がいるのは初めてだった。右に折れたカウンターには小さなしわくちゃの老婆がいた。入口に近いところに座っている、長い髪を金色に染めたガタイのいい女からタオルを渡され、頭を拭いた。カウンターの中には縮れた髪を坊主頭《ぼうずあたま》くらいに短く刈ったコーヒー色の肌の若い男がいて、温かい透明な液体の入ったコップを渡された。ふんわりと日本酒の香りがして、ひと口飲むと体がゆるんだ。礼を言うと笑顔だけ返ってきた。店の真ん中あたりには、めがねをかけた中肉中背の中年男性が椅子に座らずに立っていて、その足元には弟がいつも海苔をあぶる七輪が置いてあり、炭が赤々と燃えていた。その中年男性は七輪をまたぐように腰をかがめると、こちらを見て「こういうあったまりかたを、マタヒバチって言うんです。昔、母が教えてくれました」と律儀な口調で話す。その中年男性が場所を譲ってくれたので、同じように七輪をまたいで立ち、股《また》をあたためた。いつものテレビは当然ついておらず、店内はしんとしていて、外の激しい雨音だけが聞こえていた。惣菜が盛られた皿がカウンターに置かれていて、おれたちは皿をまわしあい、箸《はし》をのばして直《じか》に食べた。いつにも増して味が濃い野菜炒めだった。野菜のなかに輪ゴムが混ざっていた。カウンターにいる若い男に空になったコップを見せると、また新しく酒を注いでくれた。おれたちはみな黙って酒を飲んだ。誰もが外に立っている弟のことを考えているのに、誰もそのことについて話そうとしなかった。おれたちはみな、弟がひとりきりで外に立っているのに、店の中でぬくぬくとくつろいでしゃべっているのは申し訳ないような気がした。

　おれたちは心のなかで弟に感謝した。客であるおれたちが感謝するのはへんなのだけれど、店が開いていることに感謝した。一歩外に出れば、おれたちの力ではどうにもならない嵐《あらし》が吹き荒れている。でもここに入れば、いっとき、忘れることができる。

　一瞬、店が大きくゆれた。それから、ゆらゆら、ゆらゆらと小さく揺れて、おさまった。「震度3かな」というひとり言が聞こえた。誰も立ち上がろうとせず、閉ざされた薄暗い闇《やみ》をけだるげに見つめていた。おれたちは静かに酒を飲み続けた。不安はなく、あの弟が守ってくれているのだと思った。おれたちは、幸福だった。揺れは消えてしまったのに、酒のせいか、それとも雨音がいつまでも途切れないせいか、ずっと揺れ続けている感じがあった。揺れながら、流れていく感じがあった。この小さな店が運河の上に浮かびながら、ゆっくりと広い海へと下っていくようだった。縁もゆかりもない、みなどこかたよりなげで疲れ切っているおれたちは、弟がつくった小さな方舟《はこぶね》に乗り、嵐をくぐりぬけ、いつかおだやかな陽の光を浴びることを夢想した。

★

弟が住む前に、そこにひとりで暮らしていた叔父さんの母親というのがいてね。九十歳で亡くなったんだけど、小柄でしわくちゃで酒好きで、死ぬ直前までコップ酒を飲んでたんだって。それを聞いた弟が何を思ったのか、突然居酒屋をやると言い出した。私は絶対無理だって反対したんだけど、夫が、やる気のあるのはいいことだって乗り気になっちゃって。改装費用まで出して、いつのまにか食品衛生責任者の資格も取らせて。まああれは、講習さえ受ければ誰でも取れるんだけどね。

でも、あの弟が客あしらいなんてできるわけがない。料理だって下手だし、第一、毎日店を開けられるかどうかすら怪しい。普通の店だって、こんなに駅から遠くて、公園と運河しかない場所でやっていけるはずがない。私は頭にきて、しばらく夫とも弟とも口をきかなかった。たとえどんなに泣きつかれても、弟の店は手伝わないって決めた。どうせ、客なんかひとりもこなくてすぐにつぶれるから、そしたら、それみたことかって言ってやるつもりだった。

開店からしばらくして、自分の店に行く前に弟の店をのぞいてみたら、客がいてびっくりした。信じられない。思わず店に入って話しかけたら、弟の知り合いだとか、半額にすると言われたとかじゃなくて、ただなんとなく入ってみたって言うじゃない。

　あんなに文句言ってたけど、店に客が来てたらそりゃうれしいわよ。弟の店がうまくいってくれればありがたいわよ。だから私、毎日弟の店に顔を出すようにした。弟の代わりにお客さんと話をするように心がけて、自分の店で出すためにつくった煮しめだのきんぴらだのを小鉢に取り分けて、ただでサービスした。おかげでね、細々とだけど常連客が来てくれるようになった。

　だけど、弟はありがとうのひと言も言わない。当然だって顔をしてる。それどころか、今日はやる気がしないなんて言って突然店を休むわ、客と喧嘩《けんか》をするわ、一番頭にきたのが、来た客が気に入らないからって追い返してること！　ネットを見た友達に教えてもらったんだけど、開いた口が塞《ふさ》がらなかった。弟に怒鳴りまくったわよ。私があんたのためにこつこつ営業努力してんのに、一体何考えてんだって。でも、私の言ってることが理解できないみたいで、やっぱり頭のねじが二、三本、どっかいっちゃってるのね。

　ほんとは私が店主になってずっと店にいれたらいいんだろうけど、スナックのほうもあるし、狭い店で弟と顔をつきあわせてるのも気詰まりだし。何より、弟が問題を起こさずに働いてくれるのが一番だから、気になることがあっても、弟にあまりあれこれ言わないようにしてた。あのときまでは。

それまでも、弟が怠け癖を出してどこかへ行ってしまうことはあった。お客さんをほったらかして店にいないことも何回かあった。そういうときはお客さんに謝って店を閉めた。弟が二、三日帰ってこないくらいなら心配しなかった。だって、しばらくすれば、何食わぬ顔で店のカウンターに立ってたりするから。

ところがあるとき、夜中に警察から電話があった。住宅街を歩き回っていた弟を保護したって言われた。弟は、帰り道がわからなくなったと言ってるらしい。弟はいろんなことができないけれど、地名を覚えるのは得意だし、方向感覚もいい。道がわからないなどということはこれまでに一度もなかった。

私は弟を連れて帰り、久しぶりに弟の部屋に入った。以前はきちんとしているとまでは言えないけど、それなりに片付いていたのに、今は、しまわれていたものがすべて部屋じゅうにちらばっていた。それを適当に脇《わき》にやって、弟を寝かせて、下へ降りた。

これからどうしよう。私は、酒でも飲まないと落ち着いて考えられないと思って、店の灯りをつけた。店全体を見回すとそこそこきれいで、弟はまだ大丈夫なんじゃないかと思いながらカウンターの中に入り、ビールを出して飲んだ。そしたら、ガスコンロの左側の壁の部分にぞんざいな感じでアルミホイルが貼《は》りつけてあるのが目に留まった。

何だか見苦しいなと思ってはがしてみたら、白いはずのタイルが真っ黒になってた。調理中に出火して、何とか消しとめたのかもしれない。コンロの周囲を見てみると、台の下の隅のほうに、真っ黒になった野菜がそのまま残っているフライパンや焦げた雪平鍋《ゆきひらなべ》が突っ込んであった。

　このままだと、弟はいつか火事を出す。もう居酒屋はやめたほうがいい。ひとり暮らしさせるのも危険だ。

　私は、弟をうちに引き取るしかないと思った。娘は結婚して出ているし、夫は話をすればきっとわかってくれる。

　それからの私の行動は早かった。すぐに弟の引越しを済ませ、店を閉め、閉店の貼り紙を出した。

　弟は私の家で暮らすようになると、さらに病状が進んだ。徘徊《はいかい》よりも困ったのが失禁だった。私の家になかなか慣れず、トイレの場所がわからなくなって、廊下を歩いている途中で漏らしたり部屋の中で垂れ流した。おむつをするのはいやがってすぐにはずしてしまった。うんこの臭《にお》いにまみれながら、中年を過ぎた弟のしなびた尻《しり》を拭いていると、情けなくて涙が出た。でもたった二人の姉弟なのだからしかたがない。これがあとどれくらい続くのか、考えるともう動けなくなりそうなので考えないことにした。

弟の店の客には、私がスナックもやっていることはさんざん話してあったのに、彼らがスナックのほうへ来ることはなかった。まあ見たところ、金がなさそうでボトルを入れられそうもない人たちがほとんどだから、うっちゃっておいた。弟の店が突然閉店したのに事情を聞きにやって来る客さえいなくて、冷たいもんだなと思った。だけど弟は客と仲良くなることなんかできなかったから、それも当然かもしれない。

弟の世話で私が店に行けなくなると、ありがたいことに、娘が代わりに働いてくれた。高校生の頃からファミレスなどでアルバイトをしていて、接客業が好きな子だった。

弟が私の家に来て半年ほどたった頃、朝、私が弟を起こしにいくと、弟は布団《ふとん》の中で息絶えていた。検死した医者によると急性心筋梗塞《こうそく》とのことで、おそらく夜中に発作が起こりそのまま亡くなったのだと言われた。あまりのあっけなさに私は呆然《ぼうぜん》としていたけど、同じように家族の介護をしている私の友だちのほうが「弟さんはいい人ね、姉さん孝行したのよ」と言って泣いた。

しばらくすると、私は弟の店を再開してみたいと思うようになった。スナックは娘がすっかり取り仕切るようになり、それが頼もしいようなくやしいような、でも同じ店で娘と張り合うより私は別の店で好きにやりたかった。弟の店なら再建築不可物件で古いけれど改装すればまだまだ使えるし、何より、私をめあてに通っていたお客さんがいる。

　私は、弟の店の古い杉板張りの外壁を銀色のアルミ素材に変えた。入口の引き戸も自動ドアに変え、縄のれんをやめておしゃれにした。店の前を蛍光灯で照らして明るくした。ただ、前のお客さんのために店名は変えないほうがいいと思い、むじなと書かれた赤い提灯を出し、新装開店した。

★

　おれたちはあの弟の異変に気づいていた。正確に、深刻にとらえているものもいれば、たいしたことではないと思っているものもいた。だから閉店の貼り紙を見たときに、もう弟が戻って来ないことを悟ったものもいたが、またすぐに戻ってくると思ったものもいた。

　閉店して一ヶ月後、少し高台になっている河べりを歩いてみた。そうしながら、あの弟の店であったことをひとつひとつ思い出し、今日の悲しい出来事を忘れることにした。赤い灯りがないのを見るとがっかりして、でも河べりを渡る風の心地よさになぐさめられて、来た道を戻った。

閉店して二ヶ月後、少し高台になっている河べりをとぼとぼと歩いた。実は毎日ここを往復している。それはお百度詣《まい》りにも似ているかもしれない。もう無理かもしれないけれど、あの弟がまた店を開けてくれるようにと願う。そして今日はもうひとつ願う。自分が二度と寝たきりの母親の首をしめることがないようにと。店のそばまで来たら、店に来たつもりで缶ビールを一本飲み、また帰る。

閉店して三ヶ月後、少し高台になっている河べりを歩いた。ぐでんぐでんに酔っ払って歩いている。また人を殴ってしまった。あの弟の店に行きたい。あの弟にこの大馬鹿《おおばか》野郎を殴って欲しい。でも灯りは見えない。たぶん、どこか別の店に行って、また飲み続けるだろう。

閉店して半年後、少し高台になっている河べりを急ぎ足で歩いた。そしてひとつのばかげた賭《か》けをした。もしあの弟が店を開けてくれていたら、会社を退職しよう。自分の人生を一からやりなおそう。一歩一歩踏みしめるように歩いてカーブのある場所まで行き着いたが、灯りはついていなかった。でもあいつが今から店の軒先に立つかもしれないと、一縷《いちる》の望みをたくして店まで行った。そして店の前に立つと、店の外観は何一つ変わっていないのに、何かがまったく変わってしまったことに気づいた。おそらく、むじなはもうここに戻って来ない。くるりと背を向け、来た道を戻った。二度とふりむくことはなかった。

閉店して一年後、少し高台になっている河べりを汗を滲《にじ》ませながら歩いた。その店のことを考えることは少なくなったが、それでも忘れたことはない。今日、なつかしいあの弟にあえたら、結婚することを伝えよう。妻になるひとの写真を見せて、そして一緒に乾杯するのだ。河べりをひたすら歩いていてようようカーブのある場所まで行き着くと、なんとぽっちりと赤い灯りがともっていた。思わず駆け出してしまう。が、赤い灯りのまわりまでがしらじらと明るいことに気づく。近づくうちに、似ても似つかぬ店があらわれた。

　夜のしじまに溶け込むように、夜気をなだめるように建っていた、あのひかえめであたたかな店は、今、冷たい銀色にぎらぎらと光ってその存在を主張していた。建て付けが悪いためにそれを引くときにちょっと力が必要で、その手ごたえがこれから店に入るうれしさにぴったりと重なっていた木製の引き戸も、風がないのにほんのりとさしまねくように揺れていた縄のれんも、一切なくなっていた。代わりに、店内がよく見える透明な自動ドアがあった。開放的なのに冷え冷えとしていて、誰でも入れそうなのに拒まれているように感じた。ドアの奥をのぞく必要はなかった。逃げるようにその場を離れた。

　すべては失われていた。おれたちの大切な場所はあとかたもなく消え去り、もうあの弟には会えない。

その店はいつのまにかなくなり、そこは更地になった。おれたちがどうなったかを知るものは、誰もいない。

P94カギカッコ内、ホルヘ・ルイス・ボルヘスの詩「サン・マルティン広場」(『ブエノスアイレスの熱狂』鼓直・木村栄一訳/大和書房)より引用。

神田 茜

サクラ

神田茜　Kanda Akane

北海道生れ。講談師、作家。1985（昭和60）年、講談師の二代目神田山陽に入門ののち、真打ちに昇進。2010（平成22）年『女子芸人』で新潮エンターテインメント大賞を受賞。著書に『母のあしおと』などがある。

四十になってひとりの女は、なにを糧《かて》に明日を生きればいいのか、それが問題だ。

大きな夢などまぼろしになってしまった。目の前のささやかな楽しみを追う毎日も、時を経るとそれが惰性になってしまう。

恋の力がいちばんだったころもあった。前の恋人と別れたのは……三十四歳のときだ。彼に好きなひとができたというのであっさり別れた。恋の力も半年で威力を失うと悟ってからは、恋愛に執着しなくなった。

別れてもまた新しい恋を始めればいい。そう思いながらこの六年は新しい恋が始まっていない。おおかたの知り合いの男性は結婚してしまったからだ。だからと言って焦《あせ》るわけでもない。男の肌が恋しいと思わなくなったのはなぜなのだろう。

こうして整体院のトレーニングルームで、男性整体師に後ろからはがいじめにされて、上半身を左右に激しくひねられているというのに、恥ずかしさに頬を赤らめることもない。それどころか湯船につかったオッサンのような呻《うめ》き声を出している。

「脇腹《わきばら》の筋が伸びているのがわかりますか？」

「ううー」

「上半身を前に倒すと太ももの横の筋がのびます。わかります？」

「ううー」

「はい、ゆっくり息を吐いていきます。いち、にい、さん」

「うう、うう、ううー」

もう九回ここに通っているが、整体師の肌にふれてもキュンとしない。長身で筋肉質、色が白くベビーフェイスという、まさにわたし好みの年下男性だというのに。

そんなことよりも、さっきから菓子を焼く甘い香りが漂っていて耳の下の唾液腺《だえきせん》がキュンとする。階下の喫茶店だろう。美味《おい》しそうなワッフルの写真が貼《は》ってあるのだ。今すぐにでも行って食べたい。あの、フルーツと生クリームとアイスクリームがこれでもかというほど載っているワッフルを。

咽《のど》がゴクリと鳴って、ダイエット中だったのを思い出した。

「じゃあ、あお向けに寝てください」

寝そべっているわたしの足の間に座った整体師が、膝《ひざ》を持ち上げたり伸ばしたり、股《こ》関節《かんせつ》を開いたりする。体操と思わなければ怪しい体位だ。

「イズミさん。痩《や》せたいからと、無理なダイエットはしないでくださいね。無理な食事制限は、かえって体をこわします」

　そう言われても今は痩せたくて、むしろ体をこわしたいくらいだ。『ブリオッシュ』という女性雑誌の痩身《そうしん》企画ページで、タレントとしてモデルに選ばれた。久しぶりのスポットライトだ。ここは無理にでも痩せなくては、せっかくのチャンスを逃すことになる。

　お腹《なか》が張っている。毎日炭酸水を四、五本飲んでいるせいだ。ダイエットでビールを断っている代わりに、炭酸水ののど越しを味わいがまんしている。それに炭酸水は基礎代謝量を上げてくれるという説もある。だけどしかし、炭酸はつまりガスであるから、やたらとオナラがでるのが難点だ。

「先生、お腹がすごく張ってるから、あんまりお腹押さえないで」

「え？」

「炭酸水の飲み過ぎで」

「ああ、ガスが出てもだいじょうぶですよ。この体操をしていると腸がよく働くんです」

「え、でも……」

「出したほうが体にいいです」

「いや、でも……」

「どうぞ、僕は慣れていますから」

「いや……」

撮影用の衣装はパジャマに見えるゴムウエストの上下だった。トレーニングウエアーなのか室内着なのか、スタイリストの投げやり感がにじみ出た地味な紺色だ。

「イズミさん、お着替えおわりましたら撮影に入りまーす」

広いスタジオには仕切りがなく、化粧台の横にカーテンを引いて、そこが着替えコーナーになっている。

鏡の前でしばらく考え込んでいた。

「イズミさーん」

「あ、聞こえてます」

カーテンの向こうで編集者の日比野薫が急《せ》かす。三十代半ばだろうか、顔よりもスタイルで得しているタイプの、あくまでも顔は人並みなのにスタイルだけで美人の部類に入っている女だ。

「イズミさん大丈夫ですか？　こちらは準備できてますので」

「はい、すぐ行きます」

伸びる素材は四十女の体の線をあからさまにする。このタンクトップでも半袖《はんそで》でもない中途半端《はんぱ》な袖は、筋肉自慢の男性ならいざしらず、二の腕をわざわざワイルドに見せている。それにこのボートネックだ。鏡を見つめていると紺色の台に晒《さら》し首にされたように見えてくる。

『ブリオッシュ』の痩身企画は、「呼吸法でみるみる痩せる！」。ゆっくり息を吐きながら体操をすることで体幹が鍛えられ、サイズダウンできるという痩身法で、それを発案した整体師に直々に教わった。

　しかし長年のダイエット経験で、ナントカ法だけで「みるみる痩せる」ことなどあり得ないことを知っている。人間が病気以外の理由で「みるみる痩せる」ことはないのだ。病的にでも痩せるとしたら食べないことだ。

　この四週間、炭水化物を断ち、煮野菜と野菜スープだけで過ごした。あまりの飢えで、大好物の玉子かけご飯が夢に出てきた。揚げ玉たっぷりの煮込みうどんと、豚バラ肉のしょうが焼き丼《どん》も、日替わりで夢に登場した。

「イズミさーん、なにか問題ありますか？」

「あの、スタイリストさん呼んでもらえますか」

　ズボンがシワだらけだ。四週間前にもここで実行前の写真を撮った。あの日からこの衣装は、鞄《かばん》の底にでも押し込まれていたと見える。

「どしたー？」

スタイリストの口調が、いかにもの軽さでむっとする。

「シワシワなんです」

「ああ、だいじょうぶ。写らないから」

なにがだいじょうぶなのか、意味がわからない。この五十代半ばになっていそうな、白髪がまじったベリーショートヘアの全身黒ずくめの小柄なスタイリストは、何十年もの間いったいどんな仕事をしてきたのか。自分でスタイリストだと名乗れば誰でもなれたような時代にコネで業界に入り込み、ちやほやされて生きてきたのだろう。

　ムカつきながらズボンに足を入れ腰まで持ち上げる。太ももの肉で生地がのびてシワが見えなくなった。意外とだいじょうぶだった。

　カーテンを開けると「あ、イズミさん、やせましたね。顔のまわりがすっきり！」と日比野薫の芝居じみた声が聞こえる。毎月必ずこの台詞《せりふ》は使われているはずだ。痩身企画ばかりやっている雑誌だから、毎月誰かを無理やり痩せさせているのだ。

「そお？　下半身がもう少しいけると思ったんだけど」

　実は今回のダイエットは思ったほど痩せなかった。若いころと確実に違うのは、痩せにくい体質になったことだ。繰り返しのダイエットで基礎代謝がわるくなっているらしい。最初に痩せる部分は頬と胸。痩せてほしい下半身、二の腕は最後まで残る。今回もお腹があまりへこまなかった。顔くらいだろうか、痩せたのがはっきりわかるのは。

「やっぱり、藤木先生の呼吸法は効き目あるわ」

いちおう整体師の顔をたてて、このくらいは言っておくべきだろう。中目黒で整体院を開いてから、口コミで人気が広がっているという藤木先生は、わたしよりも五歳年下の三十五歳だ。「僕は痩せるために呼吸法を教えているわけじゃないので」と初回から主張していて、実直な男性だとは思ったが、それでは雑誌の企画としては失敗なのだ。とにかく見た目が変わることが担当編集者の希望なのだから。

週に三日通った整体院で藤木先生が言った。寝そべって股関節を開く体操をしてもらっているときだ。

「イズミさんの体は、けっこう溜《た》まってますね」

「はあ？」

確かに溜まっているとは思うが、それは贅肉《ぜいにく》なのか、老廃物なのか、角質なのか、溜まっているものが多すぎる。

「これはストレスですね。長年の悪意というか」

「アクイ？」

「わりと、根に持つタイプですよね」

「あははー」

笑ってごまかしておいたが、藤木先生にはスピリチュアルな力があるらしい。わたしは根に持つ性格だ。体の中には悪意がパンパンにつまっている。

今まで生きた四十年のあいだに少しずつ、噴火しては降る火山灰のように、悪意はわたしの中に積み重なった。それが風雪にさらされながら固くなり、もはや地層になってこの体を形成しているのだ。

しかしもともとの芯《しん》の部分はちがった。思えば十八歳のわたしは、岩手県出身の清らかな雪の精のような少女だったはずだ。それを踏みつけ汚し、悪意だらけにしたのはこの世の中だ。四十になって独身の、子も産まぬ女、タレント活動をしつつも泣かず飛ばずの、飛びぬけて美人でもスタイルがいいわけでもない、賃貸アパート暮らしの女に対しての、世間の冷たさがこんなわたしに変えたのだ。

「大変なお仕事なんでしょうね」

嫌味が言えるような整体師ではないが、話したくない話題をふられた。

「まあ、タレントなんて使い捨てだから」

高校三年生のときに事務所の社長にスカウトされたのがきっかけだった。そのころ事務所の稼ぎ頭は人気女優の十川《とがわ》紀子で、岩手に映画のロケでやってきた。わたしはエキストラに応募して地元の高校生を演じた。「卒業したら東京に来るといいよ」と声をかけられたのを真に受け、本当に上京してしまった。地元ではちょっとしたニュースになったくらいだ。

十川紀子の付き人から始め、二年ほどでレポーターや司会アシスタントの仕事ができるようになった。発声や演技のレッスンに通い、いつか女優として仕事をもらえることを夢見ていた。

少ない収入は習い事に使った。日本舞踊。タップダンス。英会話。それらを活《い》かせる女優の仕事がいつか来ると信じて。それなのに、いつまでもタレントという肩書き止まりで月日は過ぎ、いつの間にか三十代になってしまう。

その後、十川紀子は事務所を移籍し、後ガマとして十八歳の新人女優が売り出された。彼女はポスト十川紀子としてすぐに人気が出た。

何かおかしいと気づき社長を問い詰めると、わたしに女優の仕事をさせないようにという十川紀子の圧力があったと白状した。キャラクターが似ているので、仕事を奪われると思ったらしい。そして社長はこうも言った。「君に素質があったかというと、そうでもなかった」と。そのころから誰かを恨むということを覚えた。事務所の社長を。十川紀子を。業界を。世の中すべてを。

藤木先生がうつぶせになったわたしの足を持ち上げる。

「はい、背中を反らしてゆっくり息を吐いていきます。いち、にい、さん」

先生のカウントに合わせて息を吐くと、吐き切るときにお尻《しり》の筋肉がぷるぷる震える。

「イズミさんの体に……いや、心に溜まったわるいものは、なくしたほうがいいです」

「でもわたし、溜まってるからって、なんにも困ってないけど」

「そうですか。溜まると食欲が増してしまいませんか？」

「ああ、増すわよ、それが？」

「やけ食いって言うんですかね。夜中にすごく食べたりして」

「するわよ。そりゃあするわよ」

　ひらきなおった言い方に、藤木先生は口をつぐんでしまった。やけ食いは、三十代半ばからは頻繁《ひんぱん》になった。

　月に一回は顔を出していた事務所のスケジュールボードに、新人タレントの名前が増えているのを見た日。わたしの名前は右端に追いやられ、それもマジックの黒い文字がはげ、その下の予定を書くスペースにホコリが付いているのを見た日。社長もマネージャーもパソコンの画面を見つめ、わたしと目を合わせないようにしていると感じた日。

　バイト先の居酒屋で売れ残った唐揚げやゲソ揚げを持ち帰り、深夜にビールを飲みながらひとりでやけ食いをした。まかないを食べたのにだ。シメはいつも玉子入りのインスタントラーメン。それでも食欲は治まらず、さらに玉子かけご飯まで行くこともあった。

　そんな生活を三カ月も続けると、階段で息切れするようになる。少しは反省してダイエットに励む。やっと痩せたころにまたショックなことがおこる。

ただ歩道を歩いていたときだ。右手にスーパーの袋、左手にトイレットペーパー十二個パックを提げて。重さで歩くスピードは遅かったかもしれない。銀行預金の残高を考えてぼんやりしていたかもしれない。後ろから迫ってきた自転車のオヤジが怒鳴ったのだ。

「どけよババア」

振り返る隙《すき》もなく、そのオヤジの自転車はわたしを追い越して行ってしまう。「うるせーじじい」と、怒鳴り返すこともできないまま。

そんな日に限って、次に寄ったドラッグストアの前で、停まっている自転車にコートが引っかかる。あたふたしているうちに並んでいる十台くらいの自転車がばたばたとドミノ倒しになってしまい、ひとりでそれを起こすことになるのだ。「こんなやわなスタンドの自転車を製造するな、自転車メーカー」とやつ当たり先を無理やりつくりながら。

考えたくはないが、二十代のころ同じことがあったときには、近くにいた男性が自転車を起こすのを手伝ってくれたものだ。今は何人もの男性が視線をそらして通り過ぎる。

見た目が地味なせいだろう。タレントとして、見栄でも派手に着飾っていようとしていた時期もあった。それも、ライトを浴びない日が続くとどうしても肌の張りや髪のツヤがなくなる。オーラが出ないというやつだ。そうなると派手な洋服が似合わなくなり、その痛々しさを避けるために地味な格好をするようになる。

地味な中年女性は世間から冷たく扱われる。怒りで食べまくる。ますますオーラがなくなり地味になる。また冷たくされる。

　そんなこんなの繰り返しで、悪意の溜まったわたしが出来上がった。

　『ブリオッシュ』が借りた撮影スタジオは恵比寿《えびす》にあった。大きな窓ガラスから自然光の入るかなり洒落《しゃれ》た建物で、それだけは一流モデルになった気分にしてくれる。

「そこのバミったところに立って。まず正面」

　やけに偉そうな男性カメラマンだ。スタイリストよりも年上の、五十代後半という年代だろう。四週間前に写真を撮ってくれたのは若い女性カメラマンだったから気楽だったのに。

「右肩ちょっと上がってる。ああ、下げすぎ」

　男性カメラマンは睨《にら》みつけるような目で注文をつける。

「あ、笑顔いらない。笑わない」

　なんなんだ、このオヤジは。この年代の男は若い娘が大好きだ。若いということが女の価値だと信じて疑わない。したがって中年女性には異常に冷たい。

「横向いて。アゴ引いて。笑顔いらない」

　タレント活動が忙しかったころ、雑誌の仕事でカメラマンにはよく会った。飲食店やレジャースポットなどの取材だ。苦手なカメラマンはわかるようになった。大手の新聞社や出版社所属で、傘の下で守られてきたような中年男性カメラマンはいちばんたちが悪い。年功を才能と勘違いして、芸術家気取りで若手のアシスタントを怒鳴って威嚇《いかく》したりするのだ。

「ちょっと、お腹引っ込めてみる？」

仕方がないので、息を大きく吸ってお腹を引っ込めた。そのままシャッター音だけが続く。おまけにカメラマンのため息も聞こえる。腕のわるいカメラマンほどモデルを選ぶ。そして無駄にシャッターをきる。

あんまりしつこく撮るので息が続かず、ぷーっと吐いた拍子にお腹が戻った。

「あーあ」と嫌味のようなカメラマンの大きなため息だ。それを聞いて、編集者と無駄話をしていたスタイリストが駆け寄ってくる。そして当然とばかりに洗濯バサミで衣装のウエスト部分を見えないところでつまんだ。

失礼なひとたちだ。衣装をつまむなんて偽装行為なのだから、ひと言「つまんでいいですか？」と訊《き》いてくれればいいものを。そう言われればわたしだって「まあ、しょうがないですね」と応《こた》える。怒りで悶々《もんもん》としているうちに、その衣装での撮影が終わった。

あとはヘアメイクをプロにしてもらい衣装を変えて、きっちり変身した姿になっての撮影だ。そもそも、変身後のドレスアップした撮影が今日のメイン、本番なのだ。だからあえて今は、髪型もメイクも普段のままにしておいた。

スタジオ脇の化粧台でメイクしてもらっている女性がいる。彼女も痩身企画で痩せたのか、かなり大胆に衿《えり》の開いたノースリーブの白いワンピースを着ている。

「腕は細いって言われるのよ」

聞き覚えのある声だ。その女性がゆっくりとこちらをふり向いた。

「あら、お久しぶり」

ギクリとして息がつまりそうになった。

十川紀子だった……。一瞬、幻覚を見ているのかと思うほど驚いた。

ドラマでたまに姿は観《み》るが、直接会うのは八年ぶりくらいか。かなり念入りなメイクとヘアスタイルで、パリコレのモデルかというほどのオーラをまき散らしている。

「あ、どうしたんですか？」

「どうしたはないでしょう。『ブリオッシュ』の撮影よ」

「あ、わたしもです……」

なにも話すことなどなく、すぐに通り過ぎた。

事務所の人間なのかお付きの男性が三人もいる。「怯《ひる》むことなどない。わたしだってきれいに変身できる。自信をもって」。そう自分に言い聞かせ動悸《どうき》を治めた。

わたしのヘアメイクは彼女が終わってからだろう。編集者の日比野を探した。

「日比野さん、わたし、先に着替えしちゃおうか」

「あ、そうですね。着替え場所、空いているうちにどうぞ」

「じゃあスタイリストさんに、衣装のこと聞いてもらえる？」

「あ、脱いだのそこに置いて下さい。イズミさんの着てきたお洋服はこれでしたっけ」

日比野がスタンドハンガーに吊《つ》るしてあるわたしの私服を取る。いやな予感がした。変身するために用意されているはずの衣装が見あたらない。ハンガーには十川紀子と名札がついた洋服が何パターンかかかっているだけで、わたしの名札はどこにもない。

「別の衣装でも撮るんだよね。ちゃんとした洋服の写真も」

「え？　あ、だいじょうぶです。イズミさん、かなりサイズダウンした写真撮れましたから。今日はお疲れさまでした」

「え？　だって、『ブリオッシュ』っていつもドレスアップした写真も載ってるじゃない」

「ああ、事務所にはお伝えしてあったと思いますけど。今回はさっき撮った写真だけです」

「だって……」

有無を言わせぬ早口で言葉をさえぎる。

「イズミさんお帰りはお車ですか？」

「あの、タクシー……」

「お気をつけて。じゃあ、時間押してるんで。十川さん、撮影入りまーす」

まったく納得していないうちに次の撮影がはじまった。カメラマンの声が妙にハイトーンになっている。

「目線こっちくれる？　いいねえ。いいよ、そのくらいの笑顔」

四十五歳の十川紀子が、思いっきり口角を上げた笑みでポーズをとる。目の横にもオデコにも小じわが見えている。カメラマンは若い子が好きなくせに、有名女優を持ち上げることには労を惜しまないらしい。わたしは「笑顔いらない」と言われたのだ。

「きれいだね。いいよ、そう。いいねえ。体のラインがすごくしなやかだね」

もう少しで声を荒らげそうになったが、カメラマンのあまりの態度の違いにその気も失せる。今発言しても、嫉妬《しっと》としか思われない。

カーテンの裏で私服に着替えた。ジーンズに、いつも着ているグレーのロングセーター、黒のダウンジャケット。とたんに四十歳の疲れたおばさんの顔になった。更衣室のカーテンを開けてもスタッフはだれも近くにいない。十川紀子を囲んで「きれいー、すてきー」と彼女を持ち上げるのに力を合わせている。みんな楽しそうだ。

「おつかれさまでしたー」と小さく呟《つぶや》きながら、だれにも見送られないままスタジオを出た。駐車場には十川紀子用らしき黒い窓ガラスのワゴンが停まっている。わたしは踵《かかと》の減ったブーツを引きずって恵比寿駅まで歩いた。

今回の雑誌の企画を聞いてから、秘《ひそ》かに復活の機会だと狙《ねら》っていた。タレントとしては旬の時期が過ぎたのだから、つぎはチョイ役であれ中年の役でドラマの仕事などが来るのではないかと。『ブリオッシュ』は個人的には好きな雑誌ではないが、発行部数の多さからいえば業界人の目にふれるきっかけになる。こんなタレントがいたことを、かつての仕事仲間が思い出してくれたら仕事をもらえるかもしれない。

そう願いながら苦しいダイエットに耐えたのだ。きれいに変身して、まだまだ行けると思われたい。シンデレラのように生まれ変わった姿を見てもらいたい。まだそんな可《か》愛《わい》げが残っていたのかと自分を笑いつつ、本心ではかなり必死だった。

電車を降りるとギーコーうるさい自転車を漕《こ》いでアパートに帰った。十年以上住んでいると、いちばん古い住人になった。

食卓の椅《い》子《す》にすわってしばらく考えてから、電話をかけた。

「『ブリオッシュ』の仕事、終わりましたー」

事務所への連絡だ。したくはなかったが聞きたいことがある。

「ああ、おつかれさまでーす」

マネージャーの勝山だ。若手の担当もしていて、わたしの仕事現場には当然来ない。

「このお仕事って、痩せたあとのドレスアップした写真は、なしって話だった?」

「そうですよ。あれ、お話ししてませんでした？」

いつもながら舐《な》めきった物言いをする勝山だ。わたしよりずっと若い、業界かぶれの無能な男のくせにだ。

聞けばなんのことはない。わたしはタレントのイズミとしてではなく、読者代表として有名女優と同じ痩身法に挑戦するという役だった。有名女優は呼吸法を実行するといってもかたちだけで、実際は痩せることにも写真を撮ることにも無理がある。だから代わりにわたしがどれほどサイズダウンしたかを証明する。そういう仕事だった。

なるほど笑顔も必要ないし、洗濯バサミで偽装してもいいわけだ。

「その有名女優っていうの、誰かわかってたのかしら。事務所として」

「いいえ、特に気にしてませんでしたよ。社長も」

「十川紀子よ。うちの事務所の元看板女優だった」

「え、そうなんですか？」

「そうよ」

「いやー、でも、べつにそんなの気にしなくてもいいんじゃないですか？」

「はあ？　わたしは、出ていった事務所の先輩の身代わりで、ダイエットさせられたのよ」

「まあ、痩せるきっかけができてよかったじゃないですか」

「ヘアメイクもつけてもらえないで、パジャマみたいな衣装で、むっつりした顔の写真しか載らないのよ」

「だいじょうぶですよ。世間はそんなに気にして見てませんから」

この若造にいくら言っても通じはしない。それよりも社長になんの関心も持たれていないことのほうが悲しい。

「それじゃあ、わたしの写真のキャプションは読者代表になるわけ？」

「そうでしょうね。名前は鈴木泉で載ると思いますけど。まずいですか？　仮名にしてもらいますか？」

「仮名？　なんで？　自分の名前、隠す必要なんかないわよ」

ぶち切れそうなくらい腹がたったが、静かに電話を切った。今までの理不尽な扱いが、わたしに忍耐力というものを培《つちか》ってくれた。さっきからそんな予感がしていたのだ。よりによってこの世でいちばん恨んでいるひとの身代わりになるとは。

タレントの仕事では「イズミ」と名乗っていた。三文字で覚えやすいと言われたものだ。その芸名を使う仕事など、これからずっと与えられることはないのだろう。こんな仕事しか回されなくなっても、事務所をやめるとは言えないのが今のわたしの立場だ。この年齢になって事務所を変えられるはずもない。事務所との関係を絶つことは簡単だが、それは一生この世界から足を洗うということだ。

しょうがないと頭では冷静になっていても、胃袋のあたりに例のやつが居座っている。悪意だ。十川紀子。『ブリオッシュ』の担当編集者。カメラマン。スタイリスト。マネージャー。今日関わったすべてのひとの言動を悪意として受け取った。そしてそれはわたしのお腹の中に堆積《たいせき》してしまった。

もう夕方だ。バイトは久しぶりに休んだ。

パスタの一袋をいっぺんに茹《ゆ》で、ザルにあけると山盛りになった。半分を冷蔵庫にあったミートソース缶であえ、半分はネギとアンチョビを入れたバター醬油《じょうゆ》で炒《いた》め海苔《のり》をたっぷりかけた。ツナ缶をあけてキュウリとマヨネーズのサラダも作った。それをひとりですべて平らげた。甘いものが欲しくなり、茹でてあずきの缶詰をあけて缶のままスプーンですくって食べた。

食欲が尋常じゃないほど強くなっている。四週間分の我慢が爆発し、このぶんだとすぐにリバウンドして、痩せた五キロよりも更に体重が増えるだろう。スーパーで野菜しか買っていなかったので、今、家にあるものは乾物や缶詰類だけだ。

キッチンにあるダンボール箱の中をのぞいた。うどんの乾麵《かんめん》、スパム缶、トロピカルフルーツ缶……。スパム缶を手にとると、メモ用紙が貼りついている。

「身体《からだ》に気をつけて、元気でがんばってください。届いたら電話ください。母」

三カ月に一回はこうして岩手から食料品が送られてくる。もうあたりまえのようになっていて、礼の電話もしなくなった。それでも懲《こ》りずに荷物は届く。十八で上京してからずっとだから、すでに二十年以上にもなるのか。よくもまあ不肖の娘に付きあってくれているものだ。

十八歳のころは、働いてすぐに親へ仕送りするつもりでいた。畑作農家で食べるものはあっても、家族旅行に行く余裕もない家だった。姉が家業を継いでくれたぶん、わたしが金銭的に援助するのは当然だ。そう思っていたのに、二十年たってもまだこちらが援助してもらっている。

正月に帰省することも、三十代半ばからなくなった。地元の友だちが集まると子ども連ればかりになり、夕方には夫たちが車で迎えに来たりする。

「いいねえ、イズミは自分の時間がいっぱいあって。子どもいたら、なんにもできないからねえ」

その言葉を自慢としか受け取れなくなってから、友だちと会うことはやめた。

近所の人間と親戚《しんせき》たちはもっと容赦ない。

「こんどいつテレビに出るんだ？　せっかく応援してるんだから、もっと有名になってもらわないと。親に家でも建てなきゃな」

世間のひとは芸能界にいる者は傷つかないと思っている。そして、干されたとか、一発屋だったとか、もう古いとか、そんな言葉を平気で口にする。

うどんを茹で、スパムと一緒に炒めて焼きうどんにした。トロピカルフルーツをデザートにして、一気に食べつくした。

お腹がいっぱいになったが、まだ食べ足りない。まるでわたしの中に棲《す》みついたアクイという名の怨霊《おんりょう》が、死ぬまで食べさせようとしているみたいだ。

居酒屋「北の炉端」のアルバイトはもう八年ほど続いている。男性店長は五十代だが、あと三名の女性アルバイトは全員年下になった。入れ替わりが激しいので、店以外での付き合いはない。

「イズミさん、モデルで載る雑誌、いつ発売ですか？」

「んー、わかんない」

「なんて雑誌ですか？」

「さあ、なんだっけかなー」

つい調子にのって、同僚の女の子に言ってしまった。雑誌のダイエット企画のモデルにえらばれたと。まかないを食べずに急に頬がこけたので、「病気じゃないですか？」としつこく訊かれ、腹立たしくなったのだ。

「えー、イズミさんって、芸能人だったんですかー」

「うん」

「そう言われてみると、雰囲気違いますもんねー」

そんな言葉に自惚《うぬぼ》れるほど素直なわたしではない。「どうせ腹ん中でバカにしてんでしょ」と思いつつ、『ブリオッシュ』が出たら少しは見返してやれると考えていたが、読者代表として載るとなると、何とか雑誌を見られないようにしなくては。

バイトが終わってアパートに帰ると、また胸のもやもやが食欲に変身して、手あたりしだい食べまくる。撮影が終わってから一週間そんな生活を続け、すっかり体重はもとにもどった。


携帯に電話がきた。

「整体師の藤木です」

先週まで通っていた呼吸法の先生だ。

「あ、先生。撮影は無事に終わったから」

「そうですか。通院パスをお渡ししていますし、今月いっぱい無料でお使いいただけますので、来てください」

無料でなどと、甘いことばには裏がある。どんな魂胆があって電話してきたのか。わたしが十川紀子の身代わりだと、この先生だってわかっていたはずだ。

「撮影が終わったら痩せる必要もないから行きません」

「やけ食いなど、していませんか？」

「ぜんぜん」

「ならいいですけど、イズミさんすごく無理なさっていたので」

「ご心配なく。ダイエットだって絶食だって慣れてるから」

「やっぱりそうでしょう。呼吸法だけではそれほど痩せないはずなので、おかしいなと思って。無理な食事制限したんですね」

そりゃあそうだ。今更なにを言いたいのか。世の中なんでも裏があるのだ。偽装だらけなのだから、正直者がバカを見るだけだ。

「無理な減量は危険ですよ。運動を続けたほうがいいです。よかったら僕、毎日、目黒川沿いをウォーキングしていますから。朝の六時から七時。来てください。待ってます」

いつものわたしならば、行くわけがなかった。ただ今回は、『ブリオッシュ』の編集者と十川紀子が結託して、わたしを利用したような気がして、藤木先生から本当のことを聞き出したくなった。

十一月の寒空だというのに、朝の川沿いはウォーキングやランニングをする男女が行き交っている。それもカラフルなウエアーにキャップといった姿で、芸能人のようだ。

わたしはいつものジーンズにセーターで、足元だけスニーカーを履いてきた。

整体院に近い橋の近くで石の椅子に座っていると、藤木先生が白い息を吐いて走って来た。白いウエアーに白いニット帽でアマチュアボクサーのようだ。

「あーよかった、来てくれて。一時間歩くだけで、体質改善はできますからね」

そう言いながらポケットから黄色いリボンのようなものを取り出す。「こんなふうに、手に巻いて使うんです」と言われた通りやってみた。それは幅の広いゴム紐《ひも》で、腰の後ろに通して両手を大きく振りながら歩くと、普段使わない筋肉を鍛えられるのだそうだ。お風呂《ふろ》で背中をゴシゴシするときのポーズのようで、ひと目が気になる。

「もっと大きく手をふって。早足で」

藤木先生の声が耳元でうるさいほど響く。十五分も歩くと汗だくになった。木のベンチを見つけそこに倒れ込んだ。

「あ、休んでいいですよ。あんまり急にやっても続かないですから。今日はこれくらいにしましょう」

「今日はって、わたし、毎日は無理。今日だけでいい」

「それじゃあ、せっかく痩せたのに、また元に戻りますよ」

「いや、もう戻ってるんだから。見りゃあわかるでしょ」

「え、もうですか？　まだ撮影終わって一週間でしょ」

　実直なのに鈍いところのあるひとだ。スピリチュアルな能力があるのかと思うほどわたしの心の中を見抜いたかと思えば、一週間前より五キロも太っていることには気づかない。

「もう少しで体質改善できると思っていたんで、もったいないですよ、イズミさん」

「体質改善とか、ダイエットとか、もっと若いひとのすることよ。四十になってきれいになっても、その先になにがある？　幸せなんかないじゃない」

「へえ、そうなんですか」

　そのすっとぼけた言い方にがっくり力がぬけた。

「そういうことは僕にはよくわかりませんけど、体のことはよくわかるんです。歪《ゆが》んでいるところがあるとまっすぐに治したいですし、イズミさんみたいに溜まっているものがあると、完全に出してもらわないと、僕がすっきりしないんです」

　健康オタクというのだろうか、このひとは。きっと人間の表面的なものよりも、皮膚の下の骨や筋肉、それにかかわる精神的なものばかり見ているのだろう。それならそれで、わたしが騙《だま》されることはなさそうだ。どちらかと言えば、この先生のほうが騙されやすいタイプだ。雑誌の痩身企画など、本当はやりたい仕事でもなかったのかもしれない。

「『ブリオッシュ』の企画、十川紀子がメインだったの知ってた？」

「ああ、あの女優さん、一回だけうちに来て写真を撮りました。体は健康で問題なかったですね」

「わたし、あのひとの身代わりで痩せさせられたの。実行前と実行後の写真だけ、わたしのを使うんだって。先生も知ってたんでしょ」

「え、そうなんですか？」

「知らなかった？」

「ええ、そんなことよりも、あなたの体を何とかしないと」

「だから、そういう恨みつらみが、わたしの体に溜まりに溜まって、こんな体になってるわけ」

「え、それじゃあ、そんな辛《つら》い仕事、やめたほうがいいです。体がこんなになるなんて、それは仕事があなたに向いていないってことですから」

「だから、やめるなんて選択肢は、わたしにはないの」

　そう声を荒らげながらふと思った。本当にそうだ。私には向いていない仕事なのに、どうして今までしがみついていたのだろうと。この年になって、体を壊してまでやらなきゃいけない理由など何ひとつない。

　しかし、この健康オタク整体師の言うことをすぐに認めるわけにはいかない。悪意はまだまだ溜まったままだ。ある意味この悪意があったからこそ仕事がやめられなかったとも言える。悔しい思いをするたびに芸能界への執着が強くなって、いつかきっと見返してやると、プライドばかりを高くしてきた。

　その日はアパートに帰って、ぐっすり昼寝をしてからバイトに行った。夜は酒を飲まなくてもよく眠れ、早朝目が覚めた。髪を適当に結んでキャップをかぶり、昨日と同じ格好で川沿いの道に行った。藤木先生も昨日と同じ格好でウォーキングしていた。

「ああよかった、来てくれて。さあ、歩きましょう。今日は歩幅を大きく。腕のふりも大きくしましょう」

　またゴム紐で背中をゴシゴシする形をしながら、大股で歩いた。若いころ通った芝居のワークショップで、怪獣になりきった演技でこんな動きをした。ひとりだと恥ずかしいが、先生も同じ動きをしているのでまあ仕方がない。

「溜まったものを、吐き出すようなつもりで歩いて下さい。そして、朝のきれいな空気を思いっきり吸い込むんです」

　吐き出そうにも、わたしの中に溜まったものは長年に渡って積み重なったので、粘土質というほどの硬さになっている。

「そんな簡単に吐き出せるわけないじゃない。単純じゃないの、四十女は」

「じゃあ、どうしたらすっきりしますか？　自分に合った方法を見つけるんです」

「すっきりするには、嫌いなやつの悪口を思いっきり言うこと、それしかない」

とっさに出た言葉だった。そう自分で言ってみて、最近は悪口など話す相手もいないことに気づいた。理不尽な思いをしても、ひとりごとを言うようにぶつぶつ口の中で呟くだけで、思いっきり吐き出すことなどない。

「じゃあ、悪口でもなんでも言ってください。僕でよければ聞き役になりますから」

「え……」

女の愚痴が聞きたい男などどこにいるのか。それは今までの恋愛経験で十分わかっている。それをこの整体師はわざわざ聞こうと言う。よっぽど女を知らないか、わたしを健康にさせたいかだろう。たぶん、わたしの体を治すことで自分がすっきりしたいだけだ。

「高校生のころに岩手でスカウトされてね、事務所の社長に。この社長っていうのが嫌なやつで――」

順を追って上京時からはじめた。

「そうですか。そんなことがあったのですか。それはひどい」

藤木先生はときどき相槌《あいづち》をうってはいるが、半分以上は理解していないようだ。それでも言う相手がいるというだけで、言葉は途切れなく出てしまう。

社長の悪口の途中で一時間経《た》ってしまった。「じゃあ、明日」と、首都高速の手前で別れた。そうなるとまだ話し足りない気がする。

つぎの日も、社長の悪口を言うために早起きした。そのつぎの日も。つぎのつぎの日も。

それから早朝のウォーキングは日課になった。

社長の悪口がすむと、十川紀子の悪口。仕事先で会った許せないひと。おばさん扱いする世間の人々。地元の親戚や近所のおじさん。だいたいの恨み先の悪口を一巡すると、二巡目に入ろうとしている。

「それで、前に話した事務所の社長のことなんだけど――」

「ほんとですか。それは大変でしたね」

藤木先生は、変わらず相槌をうちながら適当に聞き流しているようで、わたしの体の中の状態を常に気にしていた。

「昨日の夕飯は何を食べましたか？」

「先生から教わった、鶏肉《とりにく》だんごと野菜の鍋《なべ》。あとはワカメの酢の物でしょ。あ、プリンも食べちゃった」

「いいですよ。我慢しないほうが続きますから。ご飯も少しは食べてくださいね」

たまにむしゃくしゃして、豚の角煮でも食べたくなることもあった。でも明日の朝、藤木先生に何を食べたか訊かれると思えば、難なく我慢できた。と言うより、我慢しなくても食欲がわたしの中でおとなしく座ってくれているような感覚だった。

もらった通院パスは期限切れになってしまったので、実費で週に一回、筋肉や骨の状態を見てもらいに整体院に行くようにした。

「ほら、股関節がこんなに柔らかくなっています。太ももも、張りがとれてほっそりしましたね」

　確かに体が軽くなった。夜中のやけ食いもしていない。朝早く起きると夜は早く眠れるという、人間としてあたりまえの生活になっただけの話だ。ただ、それだけではなく、周りの人間との摩擦が少なくなったような気もする。

『ブリオッシュ』は発売され、同僚の女の子はちゃんと見つけて買ってきた。わたしの写真は実行前と実行後、前向き横向きの計四カットだけ。指名手配写真かというくらい真顔で、ほうれい線が目立つ。

　十川紀子の歯ぐきまで見せた笑顔の写真は、さすがにグラビア並みに美しく仕上がっている。呼吸法でマイナス三キロとあるが、たぶん嘘だろう。よく見ると顔の小じわを修整してある。それが異様に不自然で笑いそうになった。

「すごい、イズミさんこんなに痩せて。どうやったか教えてください」と同僚たちに訊かれたので、勢いでスタッフの悪口と、十川紀子の暴露話をしてやった。わたしは身代わりで痩せさせられ、この写真は洗濯バサミで偽装してあるのだと。毎朝、藤木先生の前でネタの稽古《けいこ》をしているようなもので、まるで漫談のネタのように語ることができる。聞く相手も大笑いして喜んでいる。

悪意の溜まった中年女だったわたしが、今や毒を吐くおばさんになったようだ。これが意外と楽しい。悪意を溜めずに、いつでも吐いておけば体が楽になる。

整体院でもそのことを報告した。

「うまく毒を吐くと笑ってもらえてね、それでこっちの気分もすっきりするから一石二鳥ね」

「そうですか。新しい吐きかたを発見しましたね」

「でも、ひとの悪口言ってると、嫌われるんだろうな」

「そうでもないですよ。イズミさんの話は面白いから」

年下だというのにこの先生は、わたしのどんな言葉も否定せずに受け止めてくれる。

藤木整体院を開業するまで、十年以上の修業期間があったのだそうだ。先生は自分のことをまったく語らないので、若いスタッフに聞き出した情報だ。

医者の家庭に生まれ、勧められるままに医大に行ったが、腰を痛めて歩けなくなった。そのときに治してくれたのが国家資格も持たない整体師だった。それから整体に興味を持ち、国内の整体院を患者のふりをして数百軒訪ねて回ったのだという。凝り性というか、のめり込むのは生まれつきの性格のようだ。

その後、家庭教師や工事労働でお金を溜めて、アメリカでカイロプラクティックの学校に通った。そのまま帰国せずに、数年間海外を旅しながら、行く先々で医者に見放されたような患者の体を治してきたらしい。

開業してからこの三年、ただ口コミだけで顧客を増やしているのはめずらしいことだとスタッフは口にしていた。そんなことを聞いたのも、わたしの愚痴に付きあってくれるこのめずらしい男性はいったいどんなひとなのか、一カ月も経って急に気になってしまったからだ。予想以上に変人で、苦労人だった。


寒さはまだ冬の盛りだが、暦のうえでは春らしい。日の出も早くなってきた。

毎日かかさずウォーキングを続け、もう三カ月にもなる。

クリスマスも正月も、まるで存在しないかのように同じ朝を過ごした。わたしの愚痴も出つくし、最近は藤木先生の経歴を、知らないふりをして少しずつ聞き出している。数日前、事務所の社長と話をして、三月いっぱいで辞めることにした。芸能界との細い糸も切れることになる。でも今は、もうさっぱりとした気持ちで敗北感などもない。生まれ変わって、次にやりたいことを考えられる。

藤木整体院は、『ブリオッシュ』で紹介されてから予約が倍増したとかで、スタッフを増やし順調に行っているらしい。毎週水曜日の午後にわたしが行くと、藤木先生がほかの予約を入れずに待っていてくれる。

いつものようにトレーニングルームにストレッチマットを敷いて、時間をかけて体操をする。

「両足を浮かせて、息を吐きます。ゆっくり、いち、にい、さん」

おヘソの辺りの筋肉がぶるぶる震える。毎日炭酸水を飲んでいるのと体操の力で、すぐに腸の働きがよくなるのがわかる。

「先生、わたし、もう朝のウォーキングも、この体操も必要ないかも」

毎週ここに通っていると、体の歪みがなくなったのも、筋肉がしなやかになったこともよくわかる。溜まった悪意も一掃し、おまけに毒を溜めずに吐き出すこともできるようになったので、食欲も正常になった。

「そうですね。もうイズミさんは健康体ですね」

「事務所も辞めたし、これから岩手に帰って家の農業の手伝いをしようかと思って」

「それは……よかった。イズミさんの体にとっていちばんいいことですね」

わたしのほかに客はおらず、静かなトレーニングルームだ。ここは目黒川に近いビルの二階にあり、窓から川沿いの桜並木が見える。

寝そべっているわたしの足を持ち上げている藤木先生の手が、少したよりなくなった。力が入っていない。

「先生、眠い？」

「いや……」

太ももに手をあてたまま、藤木先生は呟く。

「イズミさんが健康になってよかった。よかったけれど、いなくなったら僕はしばらく、やけ酒をしそうです。寂しくて」

そんな冗談を言って笑わせるつもりかと思ったが、本当に藤木先生は呆然《ぼうぜん》としたまま膝を曲げたり伸ばしたりを繰り返している。

以前のわたしであれば、どうせこの男もお客をひとり失いたくないから言っているだけだと悪意で受け取るのだが、もうそんなふうには思えない。悪意を吐き出しきると信頼があらわれてくるようだ。

ふくらはぎにあてている藤木先生の手が、ふいに男の肌の感覚を思い出させた。男のひとの手がわたしの足をさわっているのだと、初めてここで胸が高鳴った。何年ぶりにこんなときめきを感じただろう。

先生の手がわき腹にふれた。

「あ、そこ、さわらないで」

「え？」

「あの、お腹がはって」

「ああ、ガスは溜めないで、出したほうがいいですよ。べつに恥ずかしくないです」

「いや、でも……」

「どうぞ、僕は慣れていますから」

「ううん。がまんする。がまんする、ぜったいに」

いつかもこんな会話をして、結局しなかった。まだ間に合ってよかった。

死んでもここで出すものか。

藤木先生は力なく、わたしの股関節を開いたり閉じたりしている。

わたしは息を止めてがまんした。

顔が赤くなっていくのがわかる。

「イズミさん。もうすぐ、目黒川は花見の季節になりますよ……」

窓の向こうに目をやって、藤木先生はぼんやりと言った。

息を止めているので少しも口が開かなくなってしまった。

だけどわたしは胸の中で応えていた。とても素直に。

「いっしょにサクラを見ましょう」と。

深沢　潮

アドバンテージ　フォー

深沢潮　Fukazawa Ushio
東京都生れ。2012（平成24）年「金江のおばさん」で「女による女のためのR-18文学賞」大賞を受賞。著書に『縁を結うひと』『海を抱いて月に眠る』『かけらのかたち』『翡翠色の海へうたう』などがある。

池尻大橋《いけじりおおはし》駅の改札口を出て、地下から階段をあがった。すると目の前は高速道路の高架下になっており、幹線道路の国道二四六号が走っていた。車の往来の激しさと目に入る町並みの色彩のなさに、ちょっとがっかりする。

銀座や青山といったわかりやすくおしゃれな街のいかにもな店ではなく、ちょっとエッジの効いた店をと思い、池尻大橋というロケーションを選んだつもりがかえって裏目に出てしまったかもしれない。これなら、最後まで悩んだ恵比寿《えびす》の店にすればよかった。インターネットで店を探すとたまにこういうミスを犯す。

スマートフォンに表示された地図を頼りに三軒茶屋方面に向かって歩き、病院の角を左に曲がる。ぽつぽつと商店が並ぶ界隈《かいわい》をしばらく歩くと、目的のフレンチレストランが見えてきた。

店の手前で立ち止まった。思ったよりもこぢんまりとした店だったことで、落胆はさらに深くなる。

スマートフォンで、時刻を確認する。まだ予約より十五分も前だ。あまり早くから店で待っているのも、張り切っているみたいに思われそうで嫌だった。踵《きびす》を返し、近くにあるコンビニエンスストアーに立ち寄った。化粧室を貸してくださいと店員に声をかけて、トイレに入り、鏡と向き合う。

今日はあまり頑張っている感じが出ないように、細心の注意を払ってきた。それだけでなく、本格的に仕事をしているのは私一人なので、彼女たちと差をつけたい。そのためにも、「さりげなく垢抜《あかぬ》けている」ことが大事だと肝に銘じ、神経を配った。

主婦向けの人気ファッション誌にはこれみよがしにブランドバッグを持つような装《よそお》いが当たり前のように紹介されているので、見るからによそゆきという感じを外すことが勝負の分かれ目だと思ったのだ。

鏡に映る私は、手をかけていないように見えるが、実は時間をたっぷりかけたメイクを施している。特に肌の質感を大事に、下地からファンデーション、パウダーと、丁寧に重ねてきた。オレンジ系のチークをほどよくさし、まつげはやり過ぎない程度のエクステで増している。アイシャドーは陰影をつけるのみのベージュとブラウンのグラデーションで仕上げた。アイラインも目の際《きわ》を丁寧になぞっている。

私は化粧ポーチから口紅を取り出し、ピーチブラウンの色を一度だけ重ね塗りする。この口紅はプレスをしている友達にもらった今夏の新色だ。

鏡の向こうの自分に向かって、いい出来だと頷《うなず》く。

ジャージー素材のベージュのワンピースはそれほど華やかではないし、高価でもないが、知る人ぞ知るハイセンスなセレクトショップのものである。シンプルなようで凝ったカッティングになっているところがシックだ。この服は、かなり着こなしに長《た》けていないと似合わないし、なにより体形がもろに出るので、ピラティスを続け、細身な体を維持している私にはぴったりなのだ。

意気揚々とトイレをあとにする。なにか買わないと悪いように思い、気前よくのど飴《あめ》をひとつレジに持っていった。

コンビニエンスストアーを出て空を見上げると、まさに五月晴《さつきば》れという言葉がふさわしく、雲ひとつない。

今日のこの晴れ舞台にはうってつけの天気だ。

これから大学のテニスサークルで一緒だった女友達と久しぶりに集まることになっている。私の所属していたサークルは一学年で女子が十人ほどいたのだが、今日出席するのは私を含めてたったの四人で、私以外は主婦。ほかは海外、あるいは東京以外の地方に住んでいたり、フルタイムで仕事をしていたりして、参加が難しかった。まったく連絡がとれずに消息不明という人もいた。

集まりの発起人の紀香《のりか》が、専業主婦の智恵《ともえ》や恭子《きょうこ》に来てもらうためには平日の昼間にしたほうがいいと主張したので、来られる人は限られてくる。私のようにフリーで仕事をしているか、それこそ主婦以外は無理だろう。

もう一度スマートフォンを見ると、予約の三分前だった。いい頃合だと思い、ツーブロック先のフレンチレストランに向かった。

席に着いていたのは恭子だけだった。

「久しぶり。朱里《あかり》、ほんと変わらないね。きれいにしてるし、細いし。なんかかっこいい」

昔から恭子の言葉に裏はないので、そう言われると素直に嬉《うれ》しい。恭子の方も、思いのほか若々しかった。

恭子と会うのは私の結婚式以来だから五年ぶりになる。彼女が離婚していることがわかったのがきっかけで集まることになったから、もっと意気消沈しているかと思った。白いブラウスに薄いグレーのパンツという無難な服装も、ナチュラルなメイクも相変わらず地味な印象を与えるが、笑顔は穏やかで、恭子から不幸の匂《にお》いはしてこない。むしろ満たされているようにすら見える。離婚して楽になったということなのだろうか。

「びっくりしたよ。まさか恭子が離婚してたなんて。いい旦那《だんな》さんに見えたけど」

「なんか、このまま子どもが大きくなってこの人と二人っきりで過ごすのかと思ったら、耐えられなくなって」

「いつ離婚したの」

「ちょうど一年前ぐらい」

「そんなに前か。ぜんぜん知らなかった」

私が恭子の離婚を知ったのは一ヶ月前だ。恭子からフェイスブックの友達申請が来たが、それが旧姓だったので、驚いたのだった。

「朱里はどう？　ご主人とは仲良くやってる？」

私は五年前に結婚するまで、ずっと独身だった。選り好みをしていたということが、婚期が遅れた理由だと自分でもわかっている。自分が振った男がどうってことない女と結婚していくのを見て、自分は相当の人物と一緒になってやると意固地になったというのも否《いな》めない。それに三十五あたりを境に、それまで同じように高望みをしていた友人が、次々と平凡な男に妥協していき、ますます自分はいい男をつかまえるのだと気持ちが奮い立ったという経緯もある。

だけど、四十を過ぎて、私はどうしても結婚そのものを一度はしてみたくなってきた。それまで付き合っていた結婚するには申し分ないハイスペックな男が二十代の女に乗り換えたこともショックだった。私のプライドがその失恋で打ち崩されたことが、結婚に焦《あせ》った直接の原因だ。

それから一年もしないうちに昔から知っている飲み友達の編集者とはずみに近い形で結婚した。彼の方はバツイチで、離婚して数年たっていて、そろそろ寂しくて耐えられないとお酒の席で嘆いていたので、ちょっと恋愛モードに切り替えてみたら、あっという間に結婚することになった。彼に子どもはいなかったし、いま私とのあいだにも子どもはできていない。まあ、歳《とし》からして私たち夫婦がこれから子どもを持つということは無いに等しいだろう。

「うん、まあ、普通に仲良いよ」私は恭子に答えた。

実際、燃え上がるような恋愛をしたわけではないからお互い相手に期待しすぎなくて、それは暮らす上においては案外快適だった。なにより夫といると至極《しごく》穏やかな気持ちになれる。だから彼がかけがえのない存在であることは間違いない。

「ここの店、わかりにくかった」

そう言って智恵が現れた。彼女に会うのは、実に卒業以来だった。つまり、二十五年ぶりである。それまで、サークルの集まりに何度声をかけても「子どもが小さいから」「太っちゃったから」など、そのつど断ってきたのに、今回は「ぜひ行く！」と前向きな返事が来た。

「ぜんぜん変わってないね」私は思わず口にしてしまった。

サークルに入ったとき、私は同じ新入生の智恵を見て衝撃を受けた。小学校から女子ばかりのお嬢さん学校に通っていたとはいえ、あまりにずれていたからだ。

智恵は子ども服のブランドに身を包んでいた。赤と黒のチェックのワンピースになんと白いハイソックスを穿《は》いていたのだ。私はそのブランドの大人向けの服をそのとき初めて見たのだった。

そして、智恵は大学の四年間、ファッションがほとんど変わらなかった。大学にバスケットを持ってきたときは、ピクニックじゃあるまいしと、真面目《まじめ》に頭のネジが緩んでいるのかと思った。当時は女子大生がボディコンを着るのも珍しくない時代だったから、智恵はキャンパスでも完全に浮いていた。ボディコンとまでいかなくても、大学には流《は》行《や》りものを意識してコーディネートしてくる女の子が多数派だったのだ。

目の前に座った智恵は、そばかすがやけに増えているだけで、当時と同じく素顔だった。眉毛《まゆげ》は生えたままトリミングをした形跡はないし、よく見ると唇の周りにうっすらとヒゲにも見えるうぶ毛もある。前髪を切りそろえ、肩甲骨《けんこうこつ》までの長さの髪を一部頭頂で結んでいた。髪型も以前とほとんど変わっていない。

ワンピースはさすがに子ども服のブランドではないだろうけれど、デパートの吊《つ》るしにあるような、ちょっとおばさんっぽいゆったりしたデザインのものだった。幼い顔立ちとその服装の老けこんだ感じがアンバランスで、見ているこちらが落ち着かない気持ちになる。

それでいて智恵は昔から自信満々で、いまもその雰囲気はあるように見える。その当時の彼女の自信の根拠は、男の子にもてたからだ。といってもちっとも羨《うらや》ましくはなかった。

理工学部だった智恵は、女の子に縁のなさそうな、暗くて冴《さ》えない男の子と次から次へと付き合っていた。クラスに女子が少数しかいないのをいいことに、智恵はお姫様気取りだった。智恵の夫も学科の先輩で、智恵は卒業後サークルの女子のなかでだれよりも早く結婚した。

「朱里ちゃん、かっこいい。やっぱり子ども産んでないからスタイルもいいんだね。ライターさんって、おしゃれな仕事だし、いいなあ。私なんて、子育てしか能がないし」

同じサークルだったけれど、特別に親しかったわけでもないので、智恵の方は私たちみんなに対して呼び捨てではなくちゃんづけをする。

「別にそんなことないって。おしゃれでもなんでもない。華やかに見えるかもしれないけど、ネットサイトや雑誌のライターなんて要するに何でも屋さんなだけ」

一応そうは言ってみたが、智恵だって、本気で羨ましく思っているわけではないだろう。子育てしか能がないというセリフは子どもがいない私にあてつけで言っているに違いないのだ。おっとりとした口調と裏腹に結構意地悪なセリフを吐くところも二十五年前と同じだ。

私は、今日集まるメンバーで子どもがいないのは自分ひとりであることに、かすかな危惧《きぐ》を感じ始める。

「それにしても智恵ちゃん、久しぶりだね」

恭子がその場をとりなすようにやわらかな調子で話しかけた。

「うん、久しぶり。恭子ちゃんが離婚したって聞いて、びっくりしちゃったあ」智恵は妙にうきうきとした口調で言った。

「まあ、そういうことになっちゃって」

「恭子ちゃんのご主人、超エリートだったのに。それにお嬢さんもかわいそう」

無神経な発言を続ける智恵にはらはらする。

「シングルマザーって、大変でしょ」さらに顔をゆがめて同情しているようなふりをする。

恭子は、そうね、と動じずに笑顔で答えているが、私はだんだんいらいらしてきた。

智恵のことは昔から苦手だった。智恵の経年変化が見たいよねと紀香と盛り上がり、相変わらずダサいのか見てみたいとよこしまな思いがあって声をかけたが、やっぱり智恵を呼ばなければよかったと後悔する。

紀香とはサークルで一緒だった女子のなかで唯一《ゆいいつ》ちょくちょく会って、飲みに行ったり、ご飯を食べたりする。紀香の息子たちが高校生になったうえ、姑《しゅうとめ》が面倒見よくて理解があるらしく、紀香は主婦のわりには比較的自由度が高く、夜の外出も問題がなかった。

「ごっめーん。遅れちゃって。道に迷っちゃった。二四六の反対側行っちゃってた」

大きな声と共に近づいてきたのは、紀香だった。声だけでなく、身体《からだ》も大きい。裾《すそ》の広がった柄物のトップスに黒のレギンスといういつもの格好だった。というより、恰幅《かっぷく》がいいので、それ以外の服が着こなせないのかもしれない。

「わかりにくいお店選んでごめん」

私が言うと、紀香は汗を拭《ぬぐ》いながら、そうだよー、と答えた。

「渋谷の乗り換えもめんどくさかったし、うちからは遠いしさあ」

紀香はズケズケと物を言うが、あっけらかんとした性格なので、あまり嫌味には聞こえない。テニスでも真っ向から攻めていくようなプレーをした。

「ごめん、ごめん」私は素直に謝った。

「でも、ホームページ見たら、とっても美味《おい》しそうだった」恭子が気を使って言ってくれた。

「こういう隠れ家っぽい店、働いている人じゃないと知らないもんねー。さすが」

智恵の「働いている人」という言い方が妙に癇《かん》に障《さわ》った。

「けど、コストパフォーマンスはよさそう」

席に着いた紀香がメニューを眺めつつ言った。

前菜、スープ、メインにデザートがついた二千八百円のランチコースを注文した。シャンパンを頼んだのは私と紀香だけだった。これも大学時代と同じだ。

恭子は全くの下戸で、智恵はいつもお酒が弱いと言って、サークルの飲み会で居酒屋に行ってもせいぜい甘いカクテル一杯ぐらいしか頼んだことがなかった。その割には酔ったふりをして、わざとらしく舌っ足らずな話し方になるのが見ていていつもいらついた。今日の智恵はこのあと娘と待ち合わせているからとアルコールを遠慮した。

シャンパンと炭酸水で乾杯をしたあと、紀香が「そういえばさー」と言った。

「フェイスブック見てると、優子、相変わらずで、呆《あき》れちゃうよねえ」

優子はサークルの同じ学年の女子で、今日は自分が教える料理教室があるからと、来られなかったのだった。

「ああ、例のコンテストでしょ」

私の言葉に、智恵は、「え？　なになになに」と食いついてきた。

「優子、雑誌の美熟女コンテストに出て、特別賞をもらったみたい。フェイスブックでいまのプロフィール写真になっているのが、応募した写真らしいよ」優子が顎《あご》に右手を当てて自己陶酔している写真を思い浮かべて言った。

その写真は、おそらくスタジオでプロのカメラマンが撮ったと思われ、メイクも撮影向けにメイクアップアーティストが施している感じで、優子は実物よりも確実に三割増し、いや、下手をすると五割増しには綺麗《きれい》に写っていた。

もともと優子は華やかな美人で、サークルのマドンナだったが、まるで女優のようにポーズを取るその写真は、自分の美しさに一ミリの疑いも持っていないように見える。どうしたらあそこまで自己肯定感を持てるのか、不思議でならない。

「優子ちゃん、すごーい。見てみたいけど、フェイスブックとか、よくわかんない。パソコンとかぜんぜん使えないの、私。電話もスマートフォンとか絶対無理。フェイスブックって、みんなやってるの？」

智恵はこの歳になっても、「未熟さ、知らないこと」をアピールして関心をひこうとする。ここまで成長が見られないのは、天然記念物ものだ。

「サークル関係の人だと、三分の二ぐらいじゃない、やってるの。あたしはフェイスブック、もっぱら読むだけだけどさ。とにかく鼻につくよね。優子だけでなく、紗栄子《さえこ》もやたら飲んで若い子と盛り上がってる写真アップしてるじゃない？　あと、海外出張？　なんか幸せっつうか、イケてる自慢、うんざりする」

紀香の言う紗栄子は、自分でマーケティング関係の会社を経営していて、フェイスブックにしょっちゅう写真や記事をアップしている。

「まあ、仕事関係の付き合いもあるから、仕方ないんじゃない」

結婚しているが子どもなしという同じ境遇の紗栄子については、ついかばいたくもなる。それに、まったくフェイスブックに記事をアップしないものの、私もしょっちゅう飲み歩いている。

鼻につくなら見なきゃいいのだが、つい見てしまうというのもフェイスブックの落とし穴だ。自分でわざわざストレスの種を増やしているようなものだから。

前菜が運ばれてきた。正方形のガラスの皿に豚のリエットや、海老のカクテル、そらまめ、トマト、チコリなどの野菜のマリネが彩《いろどり》も美しく盛られていた。

「わーきれい！」声を上げたのは、智恵だ。

「こういうの撮ってフェイスブックにアップすればいいのかー」紀香は気がなさそうに適当に言った。

「じゃあ、これ写真撮ってアップしてみようかな。フェイスブック始めてから一度も記事を投稿したことないんだ、私」

恭子がスマートフォンで撮影を始めた。それに倣《なら》って、智恵もガラケーを取り出して写真を撮る。

「優子なんか、教室のだけじゃなくて、毎日料理の写真をフェイスブックに載せてるよね。あれ、なんなの。料理得意自慢、誰に向けてんの」

紀香が辛辣《しんらつ》になっていく。この場にいない人の噂《うわさ》は、話が弾《はず》む。紀香がそれにさーと続けた。

「年末に鍋《なべ》やってる写真あったじゃない？　サークルの男子との。健介ん家で毎年やってるみたいだけど、あれ、なんで女子では優子だけ行ってんだろ。今度私たちも仲間に入れてって言ってみようか」

「うーん。私はいいや。優子がちやほやされてんの見たくないし。大学のときから優子、男子のなかに女子ひとりっていうシチュエーションでよく飲みに行ったりしてたような気がする」

　大学の近くの酒場で私は実際にそういう場面に遭遇したことがある。こっちはゼミのあとの飲み会だった。

「たしかに、男子はみんな優子に甘かったかもしれない。美人だもの」写真を撮り終えた恭子までもが言う。

　そうだ、大学祭で焼きそばの店をサークルで出したとき、優子がちゃらちゃらと男子たちと店の前で客引きをしているのを横目に、恭子と私は裏で必死にキャベツを刻んでいたのだった。一事が万事そんな感じで、優子はサークルの女子にはあまり好かれていなかった。テニスの練習やコート取りにはあまり来ないのに、飲み会には頻繁《ひんぱん》に顔を出していたことも反感を買っていた。

私はあの頃の苦い思いが一瞬にして蘇《よみがえ》り、シャンパンをぐいと飲み干した。

焼きたてのパンがそれぞれの皿に置かれ、香ばしい香りが鼻をかすめた。

「やっぱりパンは焼きたてだよね。私、毎朝パン焼いてるんだ」得意げな顔で智恵が鼻をすする。

「毎朝って、えらいね。うちなんて、ヤマザキの食パンだよ。朝から二枚も三枚も食う息子たちに、手作りパンなんてもったいないし、そんな時間もないわー。コストもかかりそう」

そう言って紀香がパンを豪快に二つに割り、あつっと声を漏らす。

「でも、娘たちが私のパンじゃないと食べてくれないから」

「えらいねえ。智恵、いったい朝何時に起きてるの？」紀香がパンにバターをたっぷりと塗りながら訊《き》いた。

「朝？　三時には起きてる」

「三時？」私と紀香の声が揃《そろ》ってしまった。

「なんで？」声が少し裏返ってしまう。

智恵が宇宙人にすら見えてきた。自分は三時に寝ることだって珍しくないというのに、その時間に起きるなんて、ありえない。

「機械だとね、音がうるさくてマンションで近所迷惑だから、手でパン生地をこねてるの。だから、朝早く起きないと」

　いや、そんなことをしなくても買ったパンでも美味しいものはあるよ、あんたのやってることはただの自己満足じゃないのと喉元《のどもと》まで出かかったが、黙っていた。

「そんなに早く起きなくてもいいでしょ。三時って朝っていうより、深夜じゃん」紀香がもっともなことを言ってくれた。

「でも早く起きると、朝食も六時前には済むから、そのあと好きなことできるし、八時ぐらいまでに、掃除も洗濯もやっちゃうの」

「てことは、家族もその時間に起きるんでしょ。みんな、何時に寝ているの？」恭子が真面目な顔で質問した。

「主人は遅いから、夜はまったく顔合わせないし、起きるのも遅いの。でも娘たちは私と一緒に三時に起きて、勉強するの。寝るのは八時ぐらいかな」

「は、はちじ！　うちの息子たち、まだ帰ってきてもいないわ。幼稚園児みたい」紀香が首を横に振る。

「うちの娘は中学生だけど、テニスの練習があるから、いつも帰るのが九時近く。八時に寝るってことは、夕御飯も早いわけね」恭子も首をかしげている。

「お嬢さんたち、いくつだっけ？」私もつい呆れて頭を振ってしまった。

「大学生。たまに授業が遅いときは、八時ってわけにはいかないこともあるけど」

「寄り道とかしないの？　大学からまっすぐ帰ってくるの？」私はさらに訊いた。

「うん。二人とも理系だから、遅くまで授業がびっしりなの。周りが優秀だから辛いみたいだけどね」

智恵は「周りが優秀だから」とさりげなく、娘の通う大学のレベルが高いことを挟んでくる。

だが、誰もそのことを突っ込まなかった。

私は前菜のそらまめを口に入れた。ビネガーと隠し味のマスタードが効いていて、舌にピリッとした刺激がある。

「それに、下の娘は今年入ったばっかりなんだけど、男の子が多くて、まだそれほど親しい友達はできていないみたい。ほら、うち、ずっと幼稚園から女子校だったから」

さらに智恵は続けるが、誰も何も言ってあげない。大学のときも智恵は親や親戚《しんせき》の自慢をよくしたが、みんな薄く反応するだけだったことを思い出す。

「いままでは徒歩通学だったけど、電車通学になったし、乗り換えもあるから、疲れちゃうみたい」

沈黙に耐え兼ねたのか、親切な恭子が「どこまで通っているの」と聞いてあげた。

「駒場なの」

みんなが息を呑《の》む音が聞こえてきそうだった。

こ、ま、ば。

つまり京王井の頭線の駒場東大前駅のことだろう。

ということは、智恵の娘は東京大学に通っているのだ。

天下の最高学府、東京大学！　しかも理系！

私たちの通った大学もそこそこの難易度だが、それよりも偏差値が十は上だ。

しかし誰も東京大学かと口にして確かめることはしなかった。

「上のお嬢さんは、どこの駅まで通っているの」

私はあえて質問してみた。学校名でなく、学校のある駅を。

「日吉、じゃなかった、いまは信濃《しなの》町《まち》かな。上の娘はあまり出来が良くなくて。うち、サラリーマンだから、国立に入ってほしかったけど無理だったの。だって、私立の医学部、お金かかるもの」

それはつまり上の娘は私立大学の医学部に通っているということになる。しかもあの難関の慶応医学部に。経済的にも余裕があるのは明らかだ。

そうか、智恵は娘二人のことを言いたくて今日のランチに参加したのだ。いま初めて重大なことに気がつく。

いままでいくら声をかけても智恵がサークルの女子の集まりにも、サークル全体のOB会や、仲間の冠婚葬祭にも参加しなかったのは、そのときどきに育児や娘たちの受験に忙しかったという理由もあったのだろうが、本当のところは、最強のツールをそろえてみんなの前に登場し、華々しく発表したかったからなのだ。それまで時を耐えていたのだ。

すごいねえ、と紀香が反応した。声に怒気がある。

「さすがだねえ。エリートじゃん。うちなんて、バカ高校だよ、二人とも。野球ばっかりやってるしさあ。すごいねえ。立派だねえ。頭いいねえ」

紀香のやけっぱちな褒め殺しに、智恵は満面の笑みで、そんなことないよーと答える。

「謙遜《けんそん》するの、逆に嫌味だけど」紀香が今度は低い声で言った。

「ほんとほんと、謙遜じゃないの。うちの子なんてぜんぜんだめなの、おバカさんで」

智恵はかたくなに、「たいしたことない」と言いはる。

おバカさんは東大の理系や慶応医学部に通えるわけがないのに、本当にいやらしい。

「たまたま今日娘の写真持ってるの。見てくれればわかるけど、二人共世間知らずでぼーっとしているの」

そう言って智恵はバッグからプリントした二枚の写真を取り出した。一枚は成人式らしく振袖《ふりそで》姿の写真だ。平凡な顔立ちの女の子がファンデーションの浮いた下手な化粧をして写っていた。もう一枚では智恵と瓜《うり》二つの年齢より幼く見えるノーメイクの女の子が、野暮ったいワンピース姿で東大の門の前に立って微笑《ほほえ》んでいた。

世間知らずがまた世間知らずを産み育てているのかと思うと背中のあたりがぞわぞわとしてくる。

たまたまと智恵は言ったけれど、私たちに見せるために写真をわざわざ持ってきたことは疑う余地がない。

みんな一応写真を手にしたが、唯一恭子が、綺麗な柄の振袖ね、と述べただけだった。すると智恵は振袖をどこであつらえたかを説明し始めた。よくわからないが、高額な着物だということだけは話から伝わってくる。いやむしろ、それを言いたいだけなのかもしれない。

アスパラガスの冷たいスープが運ばれてきたところで智恵の話が途切れたので、私は話の矛先を変えることにした。

「紀香の息子たち、赤ちゃんの頃おむつのＣＭとか出てたじゃない。年賀状でしか見たことないけど、イケメンだよねえ」

ここは、頭脳ではなく、容姿で勝負だ。人の息子ではあるが、これ以上智恵の得意げな顔を見たくなかった。

「うーん、旦那の顔が濃いから、それに似ただけだよ」

「写真見せてよ」

私が言うと、紀香はスマートフォンを取り出して、息子の画像を見せてくれた。そこにはジャニーズばりの紅顔の美少年が二人、紀香と一緒に写っていた。

「かっこいいね」恭子が目を細めた。

智恵はちらっと画像に視線をやっただけだったが、眉間《みけん》にしわが寄っていくのがわかった。

私は小気味よい気分でアスパラガスのスープを口に含んだ。冷たいスープだけれどしっかりと濃厚で洗練された口あたりだ。

「恭子のとこのお嬢さんは、テニスがすごくうまいんでしょ。恭子も強かったもんね」

私は目の端に智恵を見ながら今度は恭子に訊いた。智恵はいまや完全にしかめっ面《つら》になっている。

「そんなことないの。うちの娘、勉強もできないし、見た目もよくないし。でも、いいコーチに恵まれたから、ただテニス頑張ってるだけ」恭子は謙遜して手を左右に振った。

そのとき智恵がアスパラガスのスープをずずずっと音をたてて飲んだ。


メインの肉料理は、豚ロース肉をブイヨンとともに煮込んでその後焼いた、豚肉のアラビア風という料理だと店員が説明してくれた。魚料理はサーモンだったが、誰も選ばなかった。

真っ白な皿の真ん中に、肉汁をこぼさんばかりの豚ロース肉がチーズを載せて佇《たたず》んでいる。付け合わせにソテーしたズッキーニとなす、プチトマトが添えられていた。

私は思わず唾《つば》を飲み込んだ。肉を一口ほおばると、やわらかくてとろけそうなのに、コクのある深い味だった。家ではこういう手の込んだ料理は到底作れない。いや、それどころか、正直言って料理は苦手である。

私以外の三人も、美味しい、感激、などと絶賛している。私はみんなの反応に心の内でガッツポーズをしたい気分だった。私のテニスの腕前は女子のなかで中間ぐらいで、特に得意な技もなかった。だが、昔からセンスには自信があった。周りからもその点では一目おかれており、テニスウェアや私服もよく褒められた。

この店を選んだことに満足し、私は注文した赤ワインを喉に流し込んだ。ハウスワインだったが、爽《さわ》やかな風味で、いくらでも飲めそうだ。

私同様赤ワインを追加で頼み、勢いよく飲んでいた紀香が、「あ、そうだ」と言った。

「健介と晴美って離婚してそれぞれ新しい相手と結婚したじゃない。でさ、晴美は一回りも下の男と結婚して赤ちゃんできたけど、健介は二十歳も下の子と一緒になったのに、子ども、まだみたい」

子どもの話となると、私の出る幕はないので、黙っていた。

「そうなの？　晴美って一回りも下の人と結婚したの？」恭子が珍しく一番先に興味を示した。

「ある意味、若い男と付き合うとか、結婚できるっていうのも、勝ち、だよね。しかも相手、なんか会社とかやってる金持ちみたいだし」

紀香は言ったあと、うらやましい、いいよねえ、と言った。

「そういうもんかな。若い男ってそんなに誇れることなの？」恭子が思案顔になる。

「そういうもんだよ」紀香が言い切った。

「じゃあ、同い年のサラリーマンの男と結婚した私はどうなるのよお」

冗談っぽく言ってはみたが、本音だった。

「まあ、まあ、まあ。あのまま独身でいるよりはよかったんじゃない」

紀香は慰めてくれているつもりのようだが、もやもやする。

「私なんて離婚してシングルマザーだから、いま、最低ランクね」恭子がうつむき加減で言った。

「でも恭子ちゃんには子どもがいるもの。子どもは宝よね。夫より子どもよ」

ほかの人が言う分にはそうでもないのに、智恵の物言いはいちいち気持ちを逆撫《さかな》でする。

「ねえ、恭子。独り身ならまだしも、子ども、中学生だっけ。どうやって生計たててんの。慰謝料とかもらってるの」またしても率直に紀香が訊いた。

「慰謝料っていうか、養育費はもらってる。そんなに多くないけど。いま実家に住まわせてもらってるから、なんとかやっていけてる感じかな」

私は、二千八百円のランチはもしかして恭子には負担ではなかったかと心配になった。

勝ち負け、上下どころではない。恭子は朗らかな顔を見せているが、一番大変で、かわいそうな立場なのだ。私はさっきまで智恵に張り合おうと考えていた自分のことを反省した。しかも、人のふんどしで相撲をとろうとまでした。

「大変なのね、恭子ちゃん」智恵はいかにも芝居がかった調子で言った。

自分のことは棚に上げ、智恵が同情の目で恭子を見るのは、ちょっと腹がたった。

「でも、こうやってみんなと久しぶりに会えたから、なんだか頑張れそう」

恭子が言うと、みんなしんみりとしてしまい、黙々と肉を口に運ぶだけだった。

「あ、そうだ、高島が別居してんの知ってる？」

紀香が思い出したように、沈黙を破った。高島は私たちと同じ学年のサークルの仲間だ。新聞記者をしている。

「千《ち》晴《はる》ちゃんと？　あそこ仲良かったのに？」

私は驚いて聞き返した。千晴は私たちより二年下のサークルの後輩だ。

「なんか、千晴ちゃん、韓流にはまって、韓国に語学留学してんだって。ずいぶん長期みたいだよ。ひょっとすると、あっちの韓国人の若い男とできちゃってたりして」

「うそー。だとしたらすごいね、それ。というか、なんで紀香が知ってんの」

私が訊くと「うちの旦那から聞いた」と紀香が答えた。

「そっか、紀香と紀香の旦那、高島と同じクラスだったっけ。旦那の方は高島と仲良かったんだったね」

私は頷きつつ、「なんか、みんなドラマチックだなあ」と、ため息とともに呟《つぶや》いた。

その後もサークルの仲間の噂話に花が咲いた。なぜ、人の話というのはこうも盛り上がれるのだろう。途中、腕力で自分の娘の話に強引に持っていこうとする智恵を三人でさりげなくスルーしたけれど、フェイスブックのおかげでしゃべるネタにも事欠かなかった。

私も紀香もフェイスブックでは人の記事を読むのが専門だが、自分では発信しない私や紀香みたいな人間に限って、くまなく記事を読んで陰で悪く言っていたりするから、余計にフェイスブックに自分が投稿するのは躊躇《ちゅうちょ》してしまう。

「あたしもフェイスブックやってみようかな」

智恵が言ったので、私と紀香で「やめたほうがいい」と止めておいた。

「智恵、パソコンやらないんでしょ。ガラケーからだとやりにくいよ」

私は親切ぶって言ったが、智恵の子ども自慢をフェイスブックでされたらたまらないし、智恵の自己顕示欲や承認願望の垂れ流しを見たくないからというのが本当のところだ。おそらく紀香もそうだと思う。フェイスブックでは個別に記事を表示しないような設定もできるらしいが、それもいちいち面倒くさい。

デザートも前菜同様、盛り合わせになっていた。長方形でピンク色の皿に、三種類のスイーツが可《か》愛《わい》らしく盛り付けられている。白ワインのチーズムース、チョコレートケーキ、フルーツのコンポートがお行儀よく並ぶ。

先ほどと同じく恭子と智恵が携帯で撮影する。

「ねえ、またランチしよう。エッグベネディクトとか食べに行かない？」智恵がガラケーをしまいながら言った。

「ああ、人気があって、並んでるよね」

私はエッグベネディクトを出す新宿の店を女性誌の仕事で半年前に取材したことがあった。

「なにそれ。美味しいの？」紀香が訊いた。

「すっごーく美味しいよ。行こうよ」智恵が笑顔で答える。

私は並んでまでエッグベネディクトを食べたいとは思わないし、それほど美味しかった記憶もない。そもそも智恵と一緒に食べに行きたくなかった。

智恵は流行と無縁な服装なのに、食べ物の流行りものには敏感らしい。そういえば大学時代もスイーツの流行りやレストランめぐりには目がなかったような気がする。

「まあ、話のネタとしてはいいんじゃないの。でも、私はちょっとこれからの時期忙しいから昼は無理だな。そもそもエッグベネディクトって、朝食でしょ」私は予防線をはっておく。

「そうだなあ。あたしもバイトのシフトがまだ決まってないから何とも言えない」

そう言った紀香は、確かに歯医者の医療事務のアルバイトをしているが、まあ単に智恵と行きたくないだけだと思う。

「私も、これからちょっと忙しくなるかもしれないから」

控えめな言い方だが、温厚な恭子ですら智恵とは食事に行きたくないらしい。それに、シングルマザーで苦労しているのに、そんなものを優雅に食べ歩く余裕もないだろう。

「そっか。私、ランチはママ友といろいろ行ってたんだけど、娘が大学入ってから、めっきり行かなくなっちゃって」

それは周りのママ友が智恵にうんざりして卒業をきっかけに誘わなくなったからだろうと想像した。智恵みたいな性格の友人なんて、よっぽどの義理や体裁でしか一緒にいたくないだろうと思う。ママ友のように、子どもを通しての関係だったら、子どもの学校が終わればそれまでになるのは当然だ。

私はワインの香りが豊かなチーズムースの大人っぽい味を嚙《か》み締めながら、二度と幼稚な感性の智恵とは会いたくないと思っていた。

「このあと、娘と待ち合わせてるんだけど、まだ時間あるから、どこかでお茶していかない？」智恵がさらに提案してきた。

「ごめん、このあと打ち合わせ」と言った私に続き、「あたしも用事」と紀香が言う。

「私も次の約束が」恭子までもが明らかに智恵を避けている。

「そうかー。じゃあ、仕方ないね。みんな忙しいんだね。私、今日は娘と一緒にブランドの展示会行くの。だからそれまでデパートにでも行く。そろそろ外商にも顔出さないと」

「どこの展示会？」

　私も仕事柄展示会にはよく行くので、つい反応してしまった。もちろん、デパートの外商については完全無視だ。

「うん、親子で顧客だから、呼んでもらえるんだけどね」

　その後に智恵が口にしたブランド名は、バブルの頃によく耳にした。しかし、いまだにそのブランドを好む人がいるとは新鮮な驚きだった。値段も決して安くはないが、デザインがマダム向けで、大学生にはどうかと思う。あまりおしゃれな感じでもない。私たち世代ですら「おばさんっぽい」から避けてしまう感じだ。

「すごいねー。さすがだわー。そんな高いブランドの特別な集まりで服買うなんてさあ」紀香が大げさに言った。

「ううん、そんなことないの。展示会行くと、お菓子くれるのよ。だから、それが目当てなの。美味しいの」

　智恵はこうやって確信犯的に自慢やひけらかしをしておきながら、なにか言われると謙遜しているような素振りをする。そしてさらに自慢を重ねるのが、聞いている方には猛烈にいらだちを起こさせる。彼女のテニスのスタイルが、突然ボレーで突っ込んでくるような攻撃的なスタイルだったことを思い出す。

　確かに展示会ではブランドのロゴの入ったチョコレートやクッキーなどをお土産にくれることがあるが、それを目当てに行くほどの代物《しろもの》ではないのは明らかだ。

「とりあえず、ここで解散にしよう」

　私はそう言うとコーヒーをストレートで飲んで、怒りで沸騰する頭を落ち着かせた。ペラペラとどうでもいいことをしゃべり続ける智恵をかわしながら、私はスマートフォンのラインアプリを開いた。

　すぐ近くにいる紀香に目配せをして、私は紀香宛《あて》にメッセージを送る。

『このあと二人でお茶して帰ろう』

　紀香はスマートフォンを取り出し、文字を打ち込んでいる。メッセージがすぐに届く。

『来るとき駅の近くにタリーズあったから』

『別々に帰るふりして』

『そこで落ち合おう』

私は『了解』と返すと、スマートフォンをバッグにしまった。

ランチの帰りに二時間ほどタリーズで紀香と思い切り智恵の悪口を吐き出したら、すっきりとした。

その後しばらくランチのことも智恵のことも忘れていたが、フェイスブックにぽつぽつと恭子が投稿するのを目にするようにはなった。

私たちとのランチの料理もアップされていて、優子が「ここ、行ったことある」などとコメントしていた。「今度ぜひ一緒にランチしよう」とも書いてあったが、優子はこれまでサークルの女子だけの集まりに来たことなど一度もないので、たぶん社交辞令だ。

恭子の投稿で知ったのは、恭子の中学生の娘は、なんとジュニアの日本代表になっているほどテニスが上手《うま》いということだった。そこまですごいと、投稿を見ても自慢やひけらかしには思えず、珍しく「いいね！」を押す気持ちになった。

暦は六月になった。

その間、智恵からフェイスブックの友達申請が来たが、無視している。紀香も繋《つな》がっていないようだったが、人のいい恭子は智恵の友達申請を許可したらしく、恭子の投稿記事には必ず智恵の長いコメントがついていた。そして必ずコメントの中に、「うちの娘も」とか「うちも」「私も」という自分の話が書かれていて、それを目にするとなんとも嫌な気持ちになった。

　ランチから一ヶ月ほど経ち、関東地方が梅雨入りした日、恭子が「家を新築しました」と白い外装の瀟洒《しょうしゃ》な一軒家の写真をフェイスブックにアップした。

　智恵が真っ先にコメントしていたが、読まないでおいた。すると、同じく恭子の記事を見たらしく、紀香から電話がかかってきた。

「朱里、フェイスブック見たでしょ。びっくりだよね。恭子に電話したんだよ、あたし。家素敵だね、呼んでーって」

「そうなんだ。実家を建て直したのかな」

　たしか恭子の実家は西荻窪だったことを思い出す。

「それがさー。違うんだって。下北沢の近くの住宅街みたいだよ」

「二世帯で引っ越したとか」

「それも違うみたい」

「てことは、お嬢さんと恭子だけの家？」

「そうみたい」

「すごいね。シングルマザーだし、働いてないのに、新築って」

「あたし思い出したんだよね。恭子って、お父さんが有名な会社の役員だったじゃん。

就職のときもまっさきにコネで保険会社決まってさ」

「そうだったっけ」

「恭子って地味だし、あまりそういうのひけらかさないけど、けっこうお嬢様なんだよ。今度の家も実家のお父さんが亡《な》くなって、遺産相続でだいぶお金入ったから土地買って建てたんだって。実家は売って、お母さんは、恭子の独身の弟さんとマンションに越したんだって」

「ふうん、恭子、ぜんぜん不幸じゃないわけか」

だからランチで会った際に恭子からは憂《うれ》いが感じられなかったのかと納得した。そしてあのとき恭子を「かわいそう」と同情の目で見ていた自分が猛烈に恥ずかしくなった。

「しかも。これからが驚く話」

「なに？　もったいぶらないでよ」

「恭子のお父さんが亡くなったの、一年半ぐらい前らしいんだけど、つまり恭子の離婚前だったわけ。でね、お父さんの遺産相続のときに恭子の旦那がしゃしゃり出てきたんだって。お父さん、亡くなったとき、会社の社長やってて、その権利とかいろいろあったらしいよ。結局会社は整理しちゃったみたいだけど、それでいろいろ揉《も》めて離婚になったみたい。恭子は結構な額の遺産入ったから、旦那なんかいらないっていうふうにも思ったらしい。もう今後養ってもらう必要もないって。恭子って社内結婚だから、相手も給料それなりなのに、それがなくても生活できるってすごくない？　相続税払ってもなお遺産がすごいってことでしょ。なんか、株とかも持ってるみたいだよ」

「紀香、それ全部恭子から聞き出したの」

「うん、さっき電話で」

さすがにストロークの打ち合いが得意な紀香だと思った。


それからさらに一週間後、しばらく投稿のなかった恭子のフェイスブックのタイムラインに、恭子のウェディングドレス姿の写真がアップされた。陽光のふりそそぐビーチが背景だった。

青い海の前に立つ恭子は地味な顔立ちなのに、自信に満ち溢《あふ》れた表情で、神々《こうごう》しく輝いていた。横で微笑んでいるのはよく日に焼けた見た目もまあまあの若い男だ。

その投稿には、「ハワイで三《み》島《しま》哲太《てつた》さんと式を挙げました。ジューンブライドです。」とあった。驚いて結婚相手の三島哲太のプロフィールをクリックしてみたら、恭子の娘のテニスコーチで、我々よりも十五歳も下の男だった。

智恵はもちろん、サークルの女子は誰もコメントしていなかった。テニス関係の人たちが、おめでとうという趣旨のコメントを入れていたが、「いいね！」の数は案外少なく、コメントも十件ぐらいだった。恭子の友達は八十人を超えているところを見ると、みんなやっかんで静観しているのだろうと思われる。

スマートフォンにラインメッセージが入った。紀香からだ。

『私が電話したとき、恭子、再婚のこと、何も言ってなかった』

私もすぐに『ランチでも、おくびにも出さなかったね』と返事をした。

『恭子、勝利をもぎとったね』

恭子のテニスを思い出した。粘り強く守ってデュース（同点）に持ち込み、ここぞという場面で必ずアドバンテージ（先制点）を取り、最後に競《せ》り勝つタイプだった。私はそのことをすっかり忘れていた。そして彼女は女子のなかで一番強かった。

私は、地面に倒れて打ちのめされているうさぎのスタンプを選んで、紀香に送り返した。

柚木麻子

ほねのおかし

柚木麻子　Yuzuki Asako
1981（昭和56）年、東京都生れ。2008（平成20）年「フォーゲットミー、ノットブルー」でオール讀物新人賞を受賞し、'10年に同作を含む『終点のあの子』でデビュー。'15年『ナイルパーチの女子会』で山本周五郎賞を受賞。

1

同じマンションに住んでいた幼なじみの佳織《かおり》ちゃんが、お父さんの骨を預かってくれ、と長方形の風呂敷《ふろしき》包みを持って我が家にやってきたのは、元日の夜だった。外からふと二階を見上げたらずっと部屋の電気がついていてあの頃と同じ色のカーテンが下がっているから、今でもなおちゃんちはあそこに住んでいるんだ、と思ったのだそうだ。

年賀状はもちろん、門松やおせちも用意することなく、私はいつものように芸能人の揚げ足取りを羅列したまとめサイトをぼんやりスクロールしていたところだった。惰性で何十年も続いている子ども番組の古い着ぐるみのようなスウェット上下に素足という出《い》で立《た》ちで、ドアスコープから相手を確認することもなく、冷えきった玄関のドアを無防備に開けた。鼻の骨がきしっと痛み、涙がにじむほどの寒風が長い廊下から吹き付けてきた。

高校卒業と同時にこのマンションを出て北海道の農業大学に行った佳織ちゃんが、東京に帰ってきていることはもちろん、この部屋のちょうど真下にある庭付き角部屋で早期退職後一人暮らししていたはずの彼女のお父さんが年末に亡《な》くなったことも、ほぼ部屋から出ずに一人きりで日々を過ごしていた私はまるで知らなかった。かつては自分の家との境目がわからないほど佳織ちゃんの家に入り浸り、おじさんにも娘同然に可愛《かわい》がってもらったのに、訃報《ふほう》を聞いても私はまるで悲しくなかった。最後に彼を見かけたのがいつか咄嗟《とっさ》には思い出せないほど、近所付き合いは薄れている。

　約十二年ぶりに再会した私たちは骨を挟んで、しばらくの間、じろじろとお互いを不《ぶ》躾《しつけ》に観察し合った。交流が途絶えたのは十歳だから、正確には二十年ぶりかもしれない。彼女がここを離れることになる高校三年まで、私たちはマンションや住宅地で会っても互いに目を合わさないように顔を背け合い、言葉を交わすことはなくなっていた。喧嘩《けんか》したわけでも、嫌い合っていたわけでもない。ただ、付き合いを取り戻すきっかけがわからなかったのだ。

「なんていうか、静かだね。このへん」

　佳織ちゃんはあの頃とあまり変わらない、抑揚のない低い口調でそう言った。久しぶりに人の声を聞いた気がして私は密《ひそ》かに感動し、改めて目の前の同い年の女を見つめる。私のよく知る小学生の彼女は、後ろで一つ結びにした三つ編みと定規を当てて切り落としたような前髪がトレードマークだった。母親が編んだ厚ぼったいセーターからラルフローレンの襟とカフスを覗《のぞ》かせ、子どもとしては長めのキルトスカートに真っ白な靴下の組み合わせが英国の良家の子女といった趣きだった。美大卒である佳織ちゃんのお母さんのセンスに憧《あこが》れ、なんでも真似《まね》したがった母が私にもまったく同じ格好をさせたため、我々は姉妹のようによく似ていた。三十歳になった佳織ちゃんにかつての名残はまるでない。乾燥したすっぴんの肌に皮のむけた唇、ユニクロのダウンジャケットに雨粒の跡が目立つＵＧＧ風のムートンブーツ、安物のニットキャップからはぱさついた茶色の毛先があっちこっちの方向に飛び出している。とにかく、身なりにお金も時間もかけられないのは彼女も同じらしく、私はかつての距離感を取り戻せるような自信を得る。

「このマンション、今、住んでいる人が極端に少ないんだよ」

ただでさえ社会のシステムが一斉に停止し、世界が広くがらんどうに感じる年始である。部屋数は二百以上もあるのに、住人は年々減り、気付けば単身の高齢者ばかりになっているこのマンションは大きな湖にすっぽりと飲み込まれたように静かだ。バブル期の都市開発の名残である、丘を切り崩してファミリー向けの大型マンションで埋め尽くした県境のこの町自体、年々人口が減っている。ここ数年は道で人とすれ違うことが極端に少ない。個人店や商店街はとうの昔に一掃され、コンビニとファミレスが点在するばかりである。消毒剤を散布したように、文化の香りや生き物の気配がまるでしない。コンビニもスーパーマーケットも離れた場所にあるので、免許を持たない私は自然と出歩くのがおっくうになり、日用品はすべてネットショッピングで済ませていた。生まれ育った場所をこんな風に無味乾燥に感じるのは、二十三歳で家を出てから六年間、中央線沿いの古いアパートで喧噪《けんそう》とカルチャーに満ちた日々を過ごしたせいだろうか。

「このマンション、人が死にすぎるんだよねえ。孤独死のデパートって感じ」

　顔をしかめてみせてすぐ、父親を亡くしたばかりの佳織ちゃんに対して無神経だったなと気付く。ずっと人としゃべっていないせいで、かつては呼吸するように出来ていた細かい配慮がきかなくなるみたいだ。心と口が直結している気がして、ささやかなコミュニケーションさえ怖くなってくる。しかし、引き返すわけにもいかず、私は一気にまくしたててしまうことにした。

「ええと、三階の高柳さんは五年前、部屋で倒れているのを管理人さんが見つけたの。妻さんが亡くなってから一人だったんだって。七階のほら、塾が一緒だった二個上のようちゃん、あの子は自殺ね。受験に失敗してからずっと部屋にこもりきりで、ちょっとおかしくなっちゃったの。一階のピアノの先生だった、あの綺麗《きれい》なおねえさんはずっと独身で肺を悪くして亡くなったみたい。死後十日経《た》ってから発見されたらしいよ。それと……」

　佳織ちゃんが突然、どきりとするようなとがった声で遮った。

「孤独死って死者の生んだ呪怨《じゆおん》みたいな言葉だよね。俺が死んだのは、俺を孤独にしたのは、能天気に生きているお前らのせいだ、みたいなさ」

なんといっていいかわからなくて私がまごついていると、

「でも、納得だな。あのさ、ここは不吉な場所なんだよ。元はこの土地の下、沼らしいんだよね。戦争中、死体とかいっぱい放りこんだみたい」

佳織ちゃんはやけにわくわくした口調に変わった。そういえば、エドガー・アラン・ポーの愛読者で、怪談で私を震え上がらせることが大好きだった彼女はこの手の話題が今も嫌いではないのかもしれない。言葉が段々となめらかになっていく。

「父とはずっと疎遠《そえん》でさあ、こっちに戻ってから一年に一度会えばいい方だったんだ。で、先週、久しぶりに様子を見に来たら、リビングに倒れていたの。脳血栓だったんだ。人が一人で死ぬと警察が捜査して遺体を調べるじゃん。だから発見から丸一日は身動きとれなかったよ。鑑識によれば死後二週間だって。死臭には誰も気付かなかったらしいんだけど。そっか、全然人が住んでないのなら、納得だなあ。でも、父、すごいよね。家に寄り付かない薄情な私と自分を捨てたママに対するありったけの怒りと恨みを、体張って表明したって感じ。寂しがりやのくせに頑固で自分から絶対に動かない人だったもん。何度注意してもお酒をやめなくてね。頼むから前を向いて生きてって言っても、第二の人生を始めたいならなんでも協力するよって言ってもふんふんて鼻で笑って。だから、私、同情なんてしないよ」

軽やかといっていい調子で佳織ちゃんは笑った。高校生の時、お母さんが若い男と暮らすために家を飛び出して以来、お父さんとの仲がぎくしゃくしていたことは、なんとなく知っている。でも、私の知るおじさんは勤め先の画材メーカーでよくサンプルの色鉛筆をもらってきてくれる、もの静かなのに時々思いついたように下手くそなジョークを言う、いつもにこにこと娘を見守っているようなタイプだった。気が強くて明るい、お洒落《しゃれ》なおばさんとはとてもいい関係に見えた。

「実はさあ、うちも私が社会人一年目の時に親が離婚してるんだ」

なおちゃんのおじさんとおばさんまで？　あんなに仲良かったのに、とつぶやき、佳織ちゃんはしばらくの間、何も言わなかった。

「ねえ、なおちゃんてずっとここに住んでいるの？」

「ううん。まさか。去年の九月から。母が再婚して相手と暮らすために家を出たんだ。入れ替わりで私がここで一人で暮らしてる。ちょうど失業したばっかりでお金に困ってたんだよね」

高円寺にあった勤め先の編集プロダクションが潰《つぶ》れたせいで、独立を余儀なくされた。映画やお菓子が専門だったはずが、最近ではアダルトビデオのレビューを書く仕事が多い。パンやおむすびを食べながらでも、粘膜と粘膜の結合部分を観察できると同業者に打ち明けたらやたらと面白がられ、細々とではあるが依頼が増えた。佳織ちゃんはといえば、大学卒業と同時に道内の動物園で働き始めるものの、不況で閉園し、帰京して吉祥寺の植物園で契約社員として働いていたという。契約が切れた後は、派遣社員として都内を転々としているらしい。お互い大学時代の専攻が何ら生かされていない現状だった。

「あ、話がそれた。あのね、親戚《しんせき》の間でちょっと問題が起きてるの。うちの父をどのお墓に入れるかもめにもめて、骨の争奪戦なのよ。手元に置いておくのがなんか不安なの。気付かないうちに盗まれちゃいそうで。だから、お正月が終わるこの二、三日の間でいいから預かってくれないかなあ」

離婚後、誰も寄せ付けなかったおじさんの骨をそうまでして欲しがる人が居るとは思えない。単に確執のあった父の骨のそばで暮らすのが怖いだけではないだろうか。しかし、私が嫌、と言えないのを佳織ちゃんはよく知っている目をしていた。あの頃、私は彼女の言いなりで、むしろいつも彼女からの命令を待ってぼんやりしているような子どもだった。それだけではなく、彼女のお父さんには負い目のようなものもある。私はこわごわと風呂敷包みに手を伸ばす。

「重いよ、気をつけて。体の大きな人だったから」

ずしりとした重みに腰がぐらついた。それを見て、佳織ちゃんはちょっと得意げだ。

「すごいよね。骨って。一本一本はメレンゲみたいに軽くてカサコソしているのにさ」

疎遠とはいえ両親ともに健在で、祖父母を早くに亡くしている私には、物心ついてから葬儀の経験がほとんどなく、焼けた人骨がどんなものであるかおぼろげなイメージしかない。

「あ、カルボーンっていうお菓子、覚えてる？」

いきなり八〇年代の固有名詞が出て、私は面食らって、ちょっと笑ってしまった。

「カルボーンって、あの白くてこりこりした砂糖のかたまりみたいなお菓子？」

「そうそう、人の骨って、カルボーンにそっくりなんだよ。質感も。焼き場でトングみたいなので挟んだ時、カサカサって軽い音がするの。今にして思うと、かなり危険なセンスの食べ物だったなあと思うよ。人骨そっくりのお菓子ってさ……」

へえ、と私はかすれた声を上げた。あのお菓子の味わいがかすかに舌に蘇《よみがえ》った気がした。単純な丸い甘さ。市販のお菓子を極端に嫌う母達が許してくれたのは、何故《なぜ》かカルボーンとビスコとヨーグレットだけだったのだ。人工的な味わいがうっとりするほど貴重に思え、私たちは一度には食べずに、ランドセルやオルゴール箱や秘密基地に仕舞い込み「食料」と呼んで大切にとっておいたものだ。地球から人が消えた時のためにである。

「ごめん、ゆっくりしていたいんだけど子ども、車に待たせてるから」

「子ども？　え、佳織ちゃん、結婚したの」

お互い三十歳なのだから、なんの不思議もないのだが、咄嗟には信じられない。かつておままごとをした相手が実際に家庭を持っているだなんて。

「してたよ。二年前に離婚したけどね」

何かの冗談みたい。私はなんといっていいか分からず、口を曖昧《あいまい》なラインに結んだ。あれほど親しく、いつも笑っていた私たちの四人の保護者は今ではてんでばらばら、一人に至っては亡くなっている。そして愛情をたっぷり受けた宝物だった私たちは、今は親と良い関係を築いておらず、どうやら仕事運どころか男運もなさそうだ。

　私たちは本当にみなし子になってしまったらしい。あの頃、それは我々の夢だった。私と佳織ちゃんは毎日のように世界の終わりを想像し、人類が死に絶え、二人きりになったらどうサバイバルすべきかと考えていたのだ。両親でさえ我々が大活躍する一大スペクタクルにおいては、邪魔な存在だった。生き物の気配のない広大で静かなうす青い世界を、少しも怖いとは思えなかった。知恵と勇気で、まっさらの何もない大地を自分たちの色に染めることを思い浮かべ、武者震いした。他に生命体はいないか、なにか食料はないか、森や海に分け入って探しにいく。テレパシーで心を通わせ、離ればなれでもパワーを送り合う。危険が訪れたら二人で手をつなぎ見えないバリアを張る。滅亡寸前の地球を二人だけで守り、生き延びる。そのためにも「食料」たるビスコとヨーグレットとカルボーンを今すぐに食べるわけにはいかなかった。小さい頃、憧れ続けたあの場所に、我々はどうやら立っている。そう考えたら、途端に堪え難いほど恥ずかしく、ぎゃっと叫んでこの場を飛び退《の》きたい衝動が襲ってきた。この女の人は私について知りすぎている。それは佳織ちゃんも同じかもしれない。急にそわそわと逃げるように体を横に傾けた。

「毎日お水だけは替えてあげてね。骨、あさって取りにくるから。それと、何か食べる時は一口だけお供えしてあげてよ。うん、じゃ、よろしく。なおちゃんも気をつけなね」

最後に彼女はそういい、ドアは音を立てて閉まった。一体何に気をつけろというのか――。

玄関が大層ひんやりとカビ臭い。私は温かいけれど乾燥したリビングへと引き返し、重たい骨をテーブルにどしんと置いた。改めて部屋を見回す。ずっと掃除をしていないけれど、物が少ないのでそう不潔には見えない。母が再婚したタイミングで業者に頼んでかなりの家具を処分している。いい思い出だってたくさんある我が家に暮らしているのに、この仮住まいに近い感覚は一体なんなんだろう。

おじさんの部屋はどうだったのだろう。一階のあの部屋は、かつて私にとっては我が家同然だったので、間取りから家具の位置まではっきりと思い出せる。脳血栓で倒れる寸前、彼の目に入ったものとはなんだろう。妻も娘もいない冷たい部屋で、でもそこかしこに思い出が満ちた一人の部屋で、日々彼は何を考えていたのだろう。空腹を感じたので台所に行くと、冷凍の肉まんを電子レンジに放り込み、缶ビールのプルタブを開けた。このところはずっとこんな食生活である。あつあつの肉まんに張り付いた濡《ぬ》れたラップをはがしながら、私はようやく、佳織ちゃんの最後の一言が私自身の孤独死を予見するものであると知る。彼女の目から見た私は、よっぽど世捨て人のように見えたのだろう。そのことに特に傷つかず、ふっとテーブルの上のおじさんの骨に目を向ける。風呂敷をとくと、白く光沢のある布に包まれた箱が現れた。

　佳織ちゃんとお父さんの関係に少なからずあの事件が影響していると思うと、骨の存在感が一層増すようだ。私の「孤独死」は一体誰をえぐる刃《やいば》になるのだろうか。何人かの顔を思い浮かべながら、私は思いついて小さなコップにビールを入れ、肉まんを一口ちぎって小皿に載せ、骨の隣に置いた。

2

　おじさんの骨が我が家にやってきてからまだ十数時間なのに、私はその存在感にもう慣れてしまった。佳織ちゃんに言われた通り、朝食のグラノーラも、インスタント珈琲《コーヒー》も、ほんの一口だけお供えしてみた。気がついたら手を合わせる。そうすると、自分がちょっぴり真人間になった気がして、かなり心地よい。結婚願望は薄いが、周りの人間が三十を過ぎるとしきりと家族を持ちたがる理由がわかる。こうやって気にかけてやる相手がいるだけで、生活の軸がぴんと立ち、自分がそうレールから外れた人間ではないようなふっくらした安心感を味わえるのだ。

　久しぶりにカーテンを大きく開ける。おじさんの骨の入った白い箱は午後の日差しを浴びて、鈍くぼんやりと発光している。この中にぎっしりカルボーンが詰まっている様を想像しているうちに、おじさんと佳織ちゃんと私の三人で、庭を見ながらひなたぼっこをしていた小学校低学年の頃が思い出された。おじさんは新聞を広げ足の爪《つめ》をぱちんぱちんと切っていて、私と佳織ちゃんはその黄ばんだ化石のような巻き爪を見て、理科室のアンモナイトのようだ、とぎゃあぎゃあ騒いでいた。あの頃の私たちの爪は、手であれ足であれ桜貝のようにつるつるしていて、今のように乾いた死んだ色をしていなかった。私はしばらく、荒れた手のひらを正月のまっさらな陽光にかざしてみる。靴下を脱いでみると、しばらく切っていない足の爪は、あの頃のおじさんに負けないほど、固く分厚くにごった色をしていた。

　親同士の年齢や収入も近く、一人娘が同い年ということもあって、新築だったこのマンションに入居してすぐに両家は親しくなった。私たちは必ずどちらかの家にいた。週末は佳織ちゃんの家の庭でバーベキューをし、父親たちが交代で運転する車でみんなでキャンプにも出かけた。佳織ちゃんの家のおかずはそのまま我が家のおかずになった。

母親二人が注意深く見守る中、私たちは自由研究だの、料理だの、工作だのに勤《いそ》しんだ。我々の課外活動で得たゆでたまごを美しく作る技術や絵筆の洗い方は学校でも目を引き、担任教師にもよく皆の前で褒められたものだ。佳織ちゃんが風邪を引いて学校を休むと、私は我が家のベランダから手紙とりんごと授業のノートを入れた籠《かご》に紐《ひも》をつけて佳織ちゃんの庭にそろそろと下ろしていき、お見舞いの気持ちを現した。

　まだ若かった双方の母親は私たち以上に仲が良く、二人して保存食やケーキを手作りし、互いの手の内をオープンにしてすべてを分かち合うことで、育児につきものの孤独や苦悩をゼロにしようと闘っていたようなところがある。私と佳織ちゃんが口をきかなくなってからも、母親同士はけろりとしたもので、私たち抜きで友情を温めていた。だから、佳織ちゃんのお母さんがなんの前触れもなくマンションを出てしまった時は、母は随分落ち込んでいたように見えた。母は更年期障害のまっただ中だというのに、随分と過酷な目に遭い続けた。父の、勤め先の同僚との不倫が発覚したのもその頃だ。もともと年上の父にぞっこんで、ロマンチストなところがあっただけに、母はその過《あやま》ちを決して許さなかった。毎晩のように床に頭をついて詫《わ》びる父親をとうとうマンションからたたき出し、容赦なく離婚届を突きつけた。もちろん父の方が悪いと分かってはいても、思春期の私には、常に被害者然として正義を振りかざす、母の味方につくことがどうしてもできなかった。専業主婦だった母は親戚の紹介で、百貨店の高級ブティックに勤務するようになり、私が成人する頃には店長にまで上り詰めた。充実した顔つきをしているものの、忙しくいつもピリピリしている母との密な交流は年々減った。決して仲が悪いわけではなかったが、もう幼年期のように手放しで母に甘え、すべてを打ち明けることはできなくなっていった。私が独立する頃、両親の離婚がようやく成立した。

日差しにまどろみながら爪を触っているうちに、幼い頃はこうして体のパーツひとつひとつをじっくり見つめ、日々新しい発見をしていたことを思い出す。膝小《ひざこ》僧《ぞう》には不思議なひし形模様があること、どんなに注意を払ってもささくれは剝《む》き続けられないこと、抜いた髪の毛の先端に小さな湿った丸い玉が光ること。あくまであの件は、そうした発見の延長に過ぎなかったのだ。

——こうするとすごく気持ちいいことに気付いた。あったかいおしっこが体んなかに広がっていくみたいな気持ち。

小学四年生のある日、佳織ちゃんは自分の子ども部屋でスカートをめくり上げ、パンツの上から人差し指でくりくりとクリトリスを触ってみせたのだ。言われた通りにやってみると、足の間から経験したことのない種類のざわめきが体全体に広がっていくのがわかった。私たちは競うようにして無言で仕事に熱中し、額に汗を浮かべていたほどである。いつの間にか、戸口に立っていたおじさんの目線に気付いた時、わけはわからないけれど、ものすごく恥ずかしく、まずいものを見つかったという気持ちになった。いつもは穏やかな笑顔しか浮かべないおじさんが、目や鼻や口を四方八方にめちゃくちゃに引きつらせて私の手首をつかむと、頬を力任せにひっぱたいた。痛いというより熱かった。佳織ちゃんの命令に従ったに過ぎないのに、何故自分が殴られるのか、さっぱり理解できなかった。おじさんに家を追い出されてから、なんとなく佳織ちゃんに話しかけるきっかけを失ってしまった。私をかばってくれなかった佳織ちゃんに対する怒りもあるし、おじさんが怖かった。佳織ちゃんもまた目を合わせてくれなくなった。何が起きたのか誰にも話せなかった。あれがどんな意味を持つのかわかる年齢になると、より一層佳織ちゃんやおじさんを避けるようになった。

　悲しい思い出のはずなのに、なにやら足の間がひどく熱くなってしまい、私はやれやれ、と苦笑しつつ、スウェットを下ろした。アダルトビデオを何本観《み》ようが何も感じないのに、これはどうしたことだろう。パンツを膝のあたりまで下げ、あの頃と同じようなやり方でクリトリスを人差し指で撫《な》でてみる。指を入れるのは、それが他人のものであれ自分のものであれ痛くて仕方がないので、この程度の優しげな摩擦が一番しっくりくる。目を上げると、おじさんの骨が視界に入り、かすかな罪悪感が甘いものになって体をとろとろ巡った。内側にお湯が満ちて、思考がすうっと夜空にまたたいていくような感じと平常心をいったりきたりしながら、ほどほどのところで切り上げて手を洗いにいくのが私のやり方だ。死の感じとはどんなものだろう。オナニーですっきりする瞬間に似ているのではないか。くすぶっていたもどかしさがふっと昇華されて体が軽くなり、同時にしんみりとさみしくもなる。セックスはもう一年くらいしていない。おじさんはどれくらいしていなかったんだろう、とうっかり考えそうになり、すぐに打ち消した。

　そもそも、なんであの時、佳織ちゃんと私はあんなことをやり始めたんだっけ。小学校で禁止されている、当時は性的に過激なドラマとされていた「同窓会」か「高校教師」の再放送をこっそり見て、知らず知らずむらむらと欲情したんだろうか。いや、違う。そうだ、あの神社だ。あの神社から帰ってきた後、佳織ちゃんはおもむろに足を広げたのだ。

　私はパンツとスウェットを引っぱりあげる。そして、四日ぶりに部屋を出ることにした。初詣《はつもうで》も兼ねて、あの神社に行ってみる気になったのだ。コートとニットキャップを身につけ、鍵《かぎ》だけを手に玄関のドアを押す。エレベーターを出てからエントランスまで誰にも会わず、鍵のちゃりちゃり鳴る音だけがくっきりと壁にぶつかって響く中、私はマンションを出た。冷たい外気に一瞬ひるんだが、真っ白な空がまぶしい。澄み切った誰もいない住宅地をぐいぐい歩いていくと、縮こまっていたあちこちの筋肉が伸びていくようだ。大きく深呼吸する。高層マンションの隙間《すきま》を縫うように、私は目的の神社のある公園を目指す。

　お正月とは思えないほど、人の姿も華やぎもない。猫一匹すれ違わない。「子ども広場」のツツジの茂みに囲まれた秘密基地、きらめく夏の庭のビニールプール。遠い日のここでの記憶はスウェーデンの子ども映画のように光に満ち、自然に彩《いろど》られている。この無機質なマンション群のどこにあんな空間があったんだろう。子どもの目には特別なフィルターでもかかっているのだろうか。今、目の端で遠ざかっていく、我がマンションの敷地の一角に位置する「子ども広場」はブランコと砂場だけのそっけないもので、ツツジの茂みは低く、大層わびしく内側が道路から透けて見え、全然秘密基地になっていない。あの頃は広大に思えた佳織ちゃんの家の庭だって今なら猫の額ほどの貧弱なものだ。

　数分でマンションの間に挟まれているクヌギで覆《おお》われた目的地の小さな公園にたどり着く。奥に行くとあの頃と同じように、赤い鳥居と小さな社がある。かつてこの辺りに住む高校生の隠れたデートスポットだった。私と佳織ちゃんはよく短い参道にローセキで落書きをして遊んでいたのだが、時たま、社に忍び込んでは縁側部分に腰掛けていちゃつく高校生のカップルを目にすることがあった。大抵はキスをしたり、手をつないだりなどの微笑《ほほえ》ましいものだったのだが、当時の我々にとってはテレビドラマが目の前で繰り広げられているほど刺激的だった。あの日はそう、女子高生のスカートの中に男が顔を突っ込んでいるのを目撃したのだ。私たちはただじっとそれを見守り、女子高生は長い髪を揺らして、苛立《いらだ》たしそうでもあり得意げでもある顔をくにゃんと傾け、こちらから決して逸《そ》らさなかった。そういえばこのマンションのどこかに住んでいた娘だったのかもしれない。彼女は今、どこで何をしているんだろう。

賽銭箱《さいせんばこ》の前に立ち、コートのポケットを探る。ガムをなすりつけたティッシュや残金ゼロのＰＡＳＭＯが密集するジャングルから、冷たい百円玉を見つけ出した。ちょっと奮発したかな、とかすかに後悔しながら、賽銭箱に放り込む。りん、と澄んだ音がした。しばらく手を合わせて、おじさんの魂の安らぎと、もし一人で死ぬ時はなるべく苦しまないようにと祈った。

そのまま帰宅し、さっきまでいた温かい空間に向かってただいま、と声に出したら、ほっとした。

「なんか、あの、ごめんね。おじさん」

私は骨に向かって小さく言って、コートを着たままソファに横たわる。わずかな時間に日はすっかり落ち、リビングのあちこちに影が伸びていた。

こうやって暮らしていく延長に、突然幕がすとんと落ちるように死が待っているとしたら、それはそれでとても楽なことのような気がする。誰にも会わずにレビューを方々に送信するだけの日々には、うずくまって泣き出したいような瞬間が何度も訪れる。誰かが私を見つけてくれないか、どんなにくだらない用事でもいいから、訪ねてきてくれないか、と祈るように思う。でも一方で、あらゆる人間関係やわずらわしさから離れてたゆたう毎日は穏やかといってもいい。職場が消滅する寸前、たまりにたまった組織の膿《う》みが吹き出すかのような、永久に思い出したくない場面に何度も遭遇した。この人こそはと思っていた相手が、私のことを替えのきく装置の一つとしか見なしていなかったことも発覚した。情けないことに私はひどく傷ついて、もう誰からも傷つけられたくなくて、社会人になってからは忌《い》み嫌っていたはずのこのマンションに、仕方なく逃げ込んだのだと思う。自分の意志で選び取った暮らしの延長にあるかもしれない終わりの形を、おおざっぱに悲劇とくくられることには抵抗がある。今一人で死んだら私の人生は失敗なわけ？　じゃあ、どんな死に方をしたら勝者なわけ？

　懐《なつ》かしい呼び出し音で目が覚めたら、部屋はもう真っ暗だった。固定電話が鳴るのは久しぶりすぎて目がくらむ。私は暗闇《くらやみ》の中を飛び起きると走って受話器に飛びついた。窓の外はもうすっかり重い藍色《あいいろ》に染まっている。

「骨の様子どう？」

　佳織ちゃんと糸電話で遊んでいたことをふと思い出す。どうも何もないのだが、私は律儀に応《こた》えることにした。

「うん、元気そうだよ、あのね、今日はグラノーラをお供えした。おじさん、甘いの好きだったじゃん」

「グラノーラか。ふうん、なおちゃんも料理苦手？」

「そうだよ。冷凍食品ばっかり。昔は私たち、しょっちゅうお手伝いしたり、お菓子を作ったりしたのにね。私たち、ぜんぜん母親に似ていないよね」

「なんていうか、随分手をかけてもらった子ども時代だったよねえ。自分が親になってからよくわかるようになった。そんなに裕福でもないのにさ。母親たち、なんだったんだろうね。あの余裕」

　このわずかな時間に、彼女も私と同じ事を反芻《はんすう》していたみたいだった。

「専業主婦だったからかなあ。いやいや、子育てってそんな簡単なもんじゃないだろうしなあ。お父さんたちの稼ぎも大してよかったとは思えないし」

「お母さんたち、鬼のように手作りしていたよね。今でいうていねいな暮らし系？　いや、そんな生易しいもんじゃなかったよね。市販のお菓子なんてほとんど禁止されていたじゃん」

「覚えてるよ。ほら、三階のみなみちゃんちの誕生パーティーでマクドナルドのアップルパイを初めて食べた時、感動したじゃん。世界にこんな美味《おい》しいものあるんだって」

「なんかさ、結婚しちゃえば、あんな感じになれると思ったんだけど、全然違うね。私が娘にさせてる食事なんて相当いい加減だよ」

　電話の向こうでしばらく沈黙が続いた。

「でも、父ほどひどくはない。いつ行ってもお酒とインスタントラーメンばっかりでさ。

自分をいじめていじめて、体に悪そうなことばっかりして、緩慢な自殺と同じじゃん。その自殺の先にあるものは、自分を一人にした私たちへの復讐《ふくしゅう》なんだよ」

そういえば大量のカップ麺《めん》を買い込んでいたおじさんを去年のいつか見た気がする。男って構ってくれる女がいないと荒《すさ》むな、と私は自分を思い切り棚上げして考えたものである。真っ白な頭と猫背からは生活なんてどうでもいいと思っている人特有の、さびた刃物のような雰囲気が漂い、周囲を拒絶していた。声をかけようとして、あきらめたのを思い出す。

「佳織ちゃん、そんなこと言うと、落ち込まない？」

しばらくして、佳織ちゃんは小さな声で、うん、落ち込む、と応えた。

「父があんなふうに死んだのって私のせいなんだよね」

急に声に涙が滲《にじ》み、私はうろたえた。

「東京にいたのに、ろくに様子も見に行かなかった。母にはしょっちゅう会ってたのにさあ。もっと心配してあげればよかったんだよ。向こうからたまに電話があってもそっけない対応しかできなかった。親戚にもすごくなじられた。お前のせいで父親はあんな死に方したって」

こんな風に自分を追い込むような物言いばかりするなんて、彼女は後悔で少しおかしくなっているのではないか。きっと親戚とのやりとりで疲弊しきっているのだろう。

思うに、私たちが生まれた瞬間から父たちの終わりのない片想《かたおも》いは始まっていたのかもしれない。私たちはいつだって父に対して負い目があった。遊んでいても恋愛していても、楽しければ楽しいほど一人で居る父のことを考えていた。自分が相手の想いに応えてやれないという後ろめたさと、かつて相思相愛だった輝かしい蜜月《みつげつ》の記憶が我々を苦しくさせ、いっそう父親から遠ざけた。そう多くないいくつかの恋愛を思い出すと、自分の好意がこっぴどくはねつけられた痛みとショックの手触りが今でも鋭く蘇る。私には子どもを産む勇気なんてまるでない。他人に拒否されるだけでも辛《つら》いのに、自分が命を分けた存在にいつか疎《うと》まれるショックを、乗り越えられる自信がまるでない。

「佳織ちゃん、きっと意外と普通だよ。私みたいに一人で暮らしているうちに死んじゃうのって。なんか楽そうに感じる。私からすれば、そんなに悲劇でもないよ」

私はわざとのんびりと言った。やっぱり、一人で死ぬだけで人生失敗みたいに哀れむのは変だし、肉親を一人で死なせたら家族を悪者みたいに糾弾するのもおかしいと思った。

「だいたい、孤独死って言葉がいけないんじゃないかな。もっと軽くて口当たりのいい言葉にできないもの？　カルボーンみたいなさあ。例えば、おひとりさまデッドとかどうかな」

ようやく、佳織ちゃんがぷっと噴き出してくれた。

「だめ、ぜんぜん重い。でも、孤独死をもっとカジュアルな言葉にできたら流行語大賞とれると思うな、うん」

「今、テレパシー送ってあげようか。元気出るやつ」

「やだ、オカルトっぽい。それ怖い」

完全に引いているようで、佳織ちゃんの声は困ったような笑いに揺れている。どうやら佳織ちゃんは我々の能力を忘れているらしい、とがっかりしてしまう。誰もいない地球を生き延びられるのは今、私だけのようだ。

3

「ママのともだちのなおちゃん、美羽《みう》、ごあいさつなさい」

あの湿った白いパンツの奥からこれが生まれてきたのか、と私は五歳になるという美羽ちゃんを感慨深く眺めた。佳織ちゃんの縮小版のような人間を前にしたら、このところのお気に入りである、私にとって口当たりよく編集された少女時代の甘い残像が一気に潮が引くように遠ざかるのがわかる。こういうのが快感を高めようとして性器を摩擦する様を目撃するショックはさぞや絶大なものだろう。小指ほどの鼻と毛穴一つない肌がひどくめずらしい。

明日泊めてくれる？と佳織ちゃんから電話がかかってきたのは昨晩、一月五日のことだ。正月休みが終わったので業者を呼び、おじさんの遺体を見つけて以来一度も足を踏み入れていない家にあるものを朝一番ですべて処分したいのだという。

「父親の積年のうらみと孤独が染《し》み付いている気がしてね。まともに部屋を見られない。明日息とめて一気に突入する。適当に指示したら、あとは業者にまかせたい」

佳織ちゃんはピザをビールで流し込みながらそう言った。

気にしすぎだ、と言おうとして、今一人で暮らしている父が死んでその部屋に行くことを考えたら、その気持ちはもっともだと思えた。結局、おじさんをどこのお墓にいれるかめどはたたないけれど、骨は持って帰るつもりだという。一週間近く、私はおじさんの骨と過ごしていた計算になる。今夜で最後と思うと、もはやほんのり寂しい。

ともあれ、私はこの部屋に戻ってきてから、ほぼ初めての来客にはしゃぎにはしゃいでいた。昔よくやった佳織ちゃんとのお泊まり会を思い出し、早起きして部屋を念入りに掃除し、布団《ふとん》を干して和室に寝床を整え、こうして肉も魚介類も野菜もたっぷりのピザを頼んだ。大人しく一人で絵ばかり描いている美羽ちゃんに対して、かわいいねえ、いい子だねえ、と騒ぎ過ぎてしまい、すぐにしらけた顔をされた。寂しい老人がたまに訪れる孫に興奮して猫可愛がりし、嫌われてしまう負のスパイラルが理解できたがもうやめられない。二人に食後のお茶を出すと、私はここぞとばかりに、ねえ久しぶりにお菓子作らない？と持ちかけた。お泊まり会といえば一緒にお菓子を作るのが定番だったのだ。たちまち母娘は面倒そうな顔をした。

「二人で昔よく作ったじゃん。ねえ、やろうよー。やろうよー。材料はあるの。って、ネットで買った冷凍パイシートとりんごと砂糖だけだけどさ」

「冷凍パイシートあればなんとかなるかな」

佳織ちゃんは少しばかり心を動かされた様子だった。私たちは台所に行き、ずっと使っていないオーブンを調べる。どうしてあの頃は、あんなにもお菓子作りに情熱を注げたのか。金も時間もかかり、絶対に買ってきたものの方が美味しいのに。母親たちもよくこちらの我がままに付き合ってくれたものだと思う。それにしても私はなんでこんなに陽気になっているんだろう。ずっと行き場のなかった親切心や母性が、かつての友人めがけて吹き出しているのがわかる。歯止めはきかない。でも、どうせ佳織ちゃんとは共通の話題もなく、もうそんなに会わないだろうし、うっとうしがられることがまったく怖くなかった。私たちはりんごの皮を剝《む》き、薄くスライスし、バターと砂糖で炒《いた》めた。部屋中に甘酸《あまず》っぱい香りが漂い、美羽ちゃんもようやくスケッチブックから顔を上げ、鼻をひくひくさせている。あとはシートで包むだけ。それでもかなり料理している気になった。我が家にこんな生き生きした空気が流れるのは何年ぶりだろう。リビングのテーブルに天板を載せ、パイを成形する。美羽ちゃんがじっと見守る中、りんごのフィリングを載せ、長方形に畳もうとしたら佳織ちゃんから、待ったの声が飛んだ。

「なんかこの包み方、マクドナルドみたいでそっけないんじゃない？　ほら、探せばパイ皿もどこかにあるだろうし、ちゃんと敷き詰めてお店にあるみたいな格子《こうし》模様にしようよ。うちのお母さんはいつもそうしていたの。そういえばアップルパイの本、あったじゃん。ほら、こまったさんだっけ？　わかったさんだっけ？」

「ええと、クリーニング屋がわかったさんでお菓子作り担当、だよね」

「その本たぶん、うちにあると思う。取りにいってみようかな」

　私は目を見張る。彼女が自分の家に行く？　さっきまでいかにもやる気なさげだった佳織ちゃんが急に必死といった面持ちで、玄関に早足で向かっていくのだ。止める暇もなく、ドアが閉まった。私と美羽ちゃんは顔を見合わせた。

　私は全身から気力をかき集めて今、佳織ちゃんが見ているもの、かいでいる空気を想像しようとする。テレパシーだ。佳織ちゃんの意識が自分の意識に重なるよう、チューニングを試みる。一階のドアが開く音がかすかに遠くで聞こえた。佳織ちゃんが今、部屋に入ったところだ。ああ、だんだん、はっきり感じ取れて来る。お父さんを見つけてからずっと、足を踏み入れたことのないかつての我が家に。この部屋とほぼ間取りは一緒だ。玄関を開けたらすぐに廊下が右に折れる。佳織ちゃんは今、チャコールグレーの冷えた絨毯《じゅうたん》を踏みしめている。向かって左はお父さんとお母さんの寝室、右は浴室。リビングから六畳の和室が続いていて、ぐるりと庭に取り囲まれる格好になっている。お父さんが倒れていた辺りにはまだ血の跡がわずかに残っているだろう。彼女はそこから目を逸らす。それを横切ったところにあるのが子ども部屋。ドアを開けたら、左に天井まで届く本棚があり、その二段目には「わかったさん」シリーズがずらりと並んでいる。佳織ちゃんは暗闇の中、目的の本を見つけ出す。そして、振り返る。十八歳まで使っていたベッド、机。そして、かつての父親の目の高さから、私たちがオナニーしていた辺りの床を見つめる。私は距離でいえばとても近いのに、でも遠く離れた場所にいるかつての親友を思った。お願い、自分を責めないで。気付くと私は床に向かって手をかざすポーズをとっていたようだ。あなたのせいじゃない。お父さんが選び取った死は、誰のせいでもないのだ。

「おばさん、何やってるの」

ふと目を開けると、美羽ちゃんがお絵描きの手を止め、気味悪そうにこちらを見ている。

「テレパシー。おかあさんにパワーを送ってるの。おかあさん、今、すごく危険な場所にいるの。だから力をわけて。私たち、これでかつて世界を危機から救ってきたんだ」

頼む、無事に帰ってきてくれ。美羽ちゃんはよっぽど退屈していたのか、私の隣で小さいピンクの手を広げ、きつく目を閉じた。闇の奥には小さなきらめきが見えた。彼女も闇の奥に、私と同じものを見ているはずだろう。

　長い時間が過ぎた気がした。玄関のドアが開く音がして、そこには佳織ちゃんが立っていた。手には懐かしい「わかったさんのアップルパイ」がある。私には彼女が勇者に見えた。よくやった、と外国人のように両手を広げて抱きしめたい衝動と闘っている。

「全部、全部、私がいけなかったんだよ。お父さんが死んだのは私のせいなんだよ。世界中が私のことを責めてるんだよ」

　リビングまでやって来ると、佳織ちゃんはぎゃっと声を上げて泣き出した。美羽ちゃんが驚いた顔で母親を見つめている。彼女は顔をゆがめ、鼻水をたらしながら、苦しそうに声を絞り出した。

「お化粧もお洒落も許してくれない父が嫌だった。まわりの女の子たちがどんどん大人になるのに、父はあたしのこと、最後まで子ども扱いしかしてくれなかった。なんの話も聞いてくれないし、なんの話もしてくれなかった。できるだけ早く家を出たくて、ああいう進路になったの。いつも仏頂面《ぶっちょうづら》のお父さんといるだけで息が詰まった。お母さんを恨んで、一歩も進もうとしないお父さんが生きる呪《のろ》いみたいだった。そのくせ、あたしが帰ろうとすると、すがる目をするの。それが嫌だった。でも、あたしがもっと力をつくして、真心をつくして、呪いをといてあげればよかったんだよ。娘だったんだし」

「たぶん、佳織ちゃんがどんなに努力してもしなくても、きっと結果は変わらなかったと思うよ」

本当にそう思ったのだ。もし両親が未《いま》だに仲がよく、職場がつぶれず、愛してくれる男やなんでも話せる友達がいたとしても、何らかのタイミングで私はこうして一人になることを選んでいたのではないか。おじさんだって、娘のオナニーを目撃しなくても、妻が男と出て行かなくても、早期退職しなくても、自然に一人になることを選んだのではないか。彼が人を寄せ付けなくなったのは、妻や娘との関係だけが原因ではないのかもしれない。佳織ちゃんはのろのろと洗面所に行き、濡れた顔と手で戻ってきた。美羽ちゃんはなにやらてきぱきと「わかったさん」を広げて、指示を読み込んでいる。

「自分次第でおじさんの生き方が変わったなんて思うのは、おじさんに対して失礼なんじゃないのかな」

私たちは本とくびっぴきになって、ようやく見つけ出したパイ皿にりんごを敷き詰め、格子模様で蓋《ふた》をし、卵を塗った。温めたオーブンに入れ、スタートボタンを押すと、バターと甘いりんごの香りと熱が、部屋に満ちていく。

「めちゃくちゃいいにおい」

ようやく佳織ちゃんは赤い目で、にこっと笑った。私たち三人はソファに並んで坐《すわ》り、パイの焼き上がりを待ち構えている。このそわそわした甘い時間は、かつて当たり前に母たちが与えてくれたものだった。心なしか美羽ちゃんも頬を染めているように見える。

「いやー。お菓子作りしてるっていう自己肯定感すごいね。冷凍パイシートだけど」

「わかるー、すっごいちゃんとしたことしたつもりになってる。お母さんたちも、自分たちのことちゃんとした母親だと思いたくて、手作り頑張ってたのかもね」

タイマーが鳴り、私と佳織ちゃんはもつれ合うようにして、オーブンへと飛んでいく。ドアを開けると、天板には卵黄かがやく丸々としたアップルパイが現れた。格子模様のパイの間からはふっくらした黄金色のりんごがのぞいている。私は歓声をあげ、黄ばんでいない皿を見つけ出すと、切り分ける。一刻も早く食べたくて、お茶も出さずにテーブルに並べるとあつあつを頬張った。佳織ちゃんが感動しきった大げさな声を出す。

「うわ、おいしい」

「ほんと。熱くて甘いりんごにさくさく生地ってだけでおいしい！」

「あんまり、おいしくない。いつも食べるコンビニにうってるやつの方がすき」

一口食べた美羽ちゃんは大人二人に冷水を浴びせるように真顔で言い放つ。このチビめが、と包容力のない私は一瞬憤《いきどお》る。望むような反応が得られずがっかりもした。でも、市販品に憧れたかつての我々にそっくりだと思うと、なんだかおかしかった。パイ生地をぼろぼろこぼす美羽ちゃんを見つめるうちに、佳織ちゃんの普段の適当な生活が窺《うかが》い知れて私は安心した。あらかたパイを食べ終えた佳織ちゃんが言った。

「知り合いに不動産関係者がいるんだ。紹介しようか。出なよ。こんなとこ」

「こんな不吉なマンションうっぱらってもいくらにもならないだろうしなあ」

「そうだよねえ。でもさ、いつまでもこんなとこいない方がいいと思うよ。私は」

彼女の指摘はもっともだ。いつかは出たいけれど、もうここは自分の居場所ではないとわかっているけれど、もうしばらくなら住んでもいいと思えた。

両親たちが必死に我々に与えてくれたものが、今の我々の暮らしにはまったくない。だからといって、あの日々が無価値なものになるわけではないし、後ろめたく思う必要はない。こうやって時々、見よう見まねで再現したり、何かの拍子に思い出せばいいのではないか。この暮らしの果てにたった一人での死が待ち受けているとしても、それは誰のせいでもないし、他人にジャッジされるいわれもない。

「おじさんに一切れ、お供えしない？」

「そうだね。お父さん、甘いの好きだったし」

佳織ちゃんはアップルパイを一切れ切り取ると、台所に行って皿をとって戻ってきた。彼女もまた、我が家のどこになにがあるのか今なお完璧《かんぺき》に把握している。パイを皿にのせると、骨の隣に置いて、少しの間手を合わせた。たぶん、子どもの頃のお菓子作りと同じようにこの行為も自己満足に過ぎないのだ。こんなふうに思うのは罰当たりなのかもしれないが、こんなものただの骨でおじさんの心がここにあるわけない。切り落とした爪のように、ただの抜け殻なのだ。

今この広い世界には佳織ちゃん母娘と私しかいない気になった。幸い、食料はある。当分の間は生きていけるだろう。あの頃と比べれば、たぶんもっと賢いし強いし体力もある。このりんごの香りの漂う空間を幾重にも取り囲んでいる、無数のがらんどうの部屋に満ち満ちている空気はきっと澄んでいてうす青くて真新しい。

フレッシュガム

―『夜空に泳ぐチョコレートグラミー』番外編―

町田そのこ

町田そのこ　Machida Sonoko

1980（昭和55）年生れ。福岡県在住。2016（平成28）年「カメルーンの青い魚」で「女による女のための R-18文学賞」大賞を受賞し『夜空に泳ぐチョコレートグラミー』でデビュー。『52ヘルツのクジラたち』で本屋大賞を受賞した。

コンビニで買ったガムが、想像以上に甘かった。鮮やかな黄色のパッケージが目を引いたからつい買ったのだが、まさかこんなに甘いとは。

「んー、あたしは好きな味だけどなあ」

オレの横で真剣な顔をしてガムを噛《か》んでいるのは同じクラスの石田で、最近一緒にいることが多い。というか、石田がオレにしょっちゅう絡《から》んでくる。登下校の時間を知っているのか、待ち合わせをしていないのにだいたい横にいるし、昼休みはオレの席に来て一緒に飯を食っている。バイト先のラーメン屋には常連かよってくらいやって来るし――実際常連しか知らない裏メニューを頼んでくる――シフトまで何故《なぜ》か把握している。一ヶ月ほど前、何の意図があるのだと訊《き》いたら、「好きなのです」と厳かに宣言された。あたし、啓太くんのことが好きなので視界の中にいたいのです。

驚いた。UMAって本当にいるんだ、って感じだった。

友人たちは彼女のいる奴《やつ》もいて、クラスの中にもたくさんいて、そいつらは毎日が楽しいと言っていた。自分を特別視してくれる子が傍にいる、ってどんな感じだろうと想像したことは何度かあった。けれど、自分に現れる日が来るとは思わなかったのだ。

　オレは、自分は冷静な判断のできる人間だと自負していたけれど、そうでもなかった。石田のセリフに心底驚いた挙句に『オレは好きではない』と言ってしまったのだ。あまりに酷《ひど》い言葉に、自分自身が焦《あせ》った。別に、嫌いというわけではない。石田をそういう対象として見ていなかったということを伝えたかったのだ。しかし石田はそれに傷ついた様子を見せず、むしろ当然だという風に頷《うなず》いた。

『いまはあたしの一方的な感情でしかないよね。だから、啓太くんが同じ感情で見てくれるようにこれまで以上に自身をアピールしていこうと思う次第です。いつかまた改めて告白するので、それまでに考えてください』

　よろしくお願いします、と丁寧に頭を下げられて、オレはつられて『ああはいどうも』と応《こた》えた。ちょう間抜けだったと思う。

　そこから、石田と行動を共にすることがますます増えた。石田の言った、アピールというやつだろうが、どうしたらいいのかよく分からないでいる。石田は最初の宣言以来、ごくごく普通に接してくる。オレに何かを求めたり、何かを押し付けたりしない。あまりに普通なので、あれは冗談だったのかなとすら思う。それならそれでいい。むしろ助かる。オレはまだ「好き」って感覚が分からないので、石田に答えを求められても困ってしまうばかりだ。ただ、石田と過ごすのは、わりと悪くない。好き嫌いをはっきり示してくれるので余計な気を使わないし、趣味もあう。特に、格闘ゲームが好きな上にけっこうな腕前だというのは、素晴らしきことだ。

しかし、ひとを好きになるってのは、どんな感覚なんだろうな。

隣でガムを噛む石田の横顔を見る。化粧っ気のまったくない、そばかすの浮いた顔はどこか子どもらしい。背が低くてやせっぽちの体つきも相まって、高校の制服を着ていなかったら中学生——いや小学生に間違えられてもおかしくない。かわいいなと思わなくもないけど、それって小さな子どもや動物に抱くものに限りなく近いような気がする。中学時代からの友人で、いまも同じクラスの洋平などは、オレたちが並んで歩いていると親子のようだと笑うくらいだ。『まあでも石田はおすすめだけどな。どれだけ女子に睨《にら》まれても平然としてるメンタルの強さとか、好きだからって啓太に媚《こ》びないところとか、いいよ』などと余計なことを付け足すのだけれど。

オレはいつか、石田を好きになるのだろうか。別の感情で見るようになるのだろうか。分からない。

「どうしたの、啓太くん」

無意識に唸《うな》っていたらしい。かたちのよい丸い目がオレを見上げてきた。真っ黒の瞳《ひとみ》がまっすぐにオレを映している。

「そんなに、このガム美味《おい》しくない？　ティッシュあげようか」

「え？　ああいや別に」

すぐに捨てるのももったいないので、惰性で噛んでいた口中のガムの存在を思い出す。甘さがだいぶ薄くなっていて、むしろちょうどいい。

「最初はどうかと思ったけど、わりといいのかもな。あと、この匂《にお》いは好きかも」

「あ、分かる。甘いお菓子の匂いっていいよね。特にこれはしあわせの匂いって感じ」

ふふ、と石田が笑いかけてくると、オレの中の甘い匂いと石田の匂いが混じりあった気がした。同じものなのに、少しだけ違う甘さに一瞬、どきりとした。

＊

ブオォォン！　とサイレンのような音がして、カウンターでうたた寝していたわたしは飛び起きた。何事かと見回せば、芙美《ふみ》さんが外を眺めながら泣いていた。ボックスティッシュを片手に、ぼろぼろと涙をこぼしている。もう片方の手にはくしゃくしゃになったティッシュがある。さっきのは芙美さんの感極まった声であるようだ。いつもの派手な厚化粧がはげ落ちそうなほどの慟哭《どうこく》に、わたしは何が起きたのか分からないでいた。

「えっと……、悪霊《あくりょう》にでも取《と》り憑《つ》かれたんですか、芙美さん」

「ちょっと沙世《さよ》ちゃん、あれ、見てよ」

芙美さんが言うので、近寄って外を見る。

「あれ、啓太くん？」

啓太くんが女の子と並んで歩いているのが見えた。ふたりは何を話しているのだろうか、ほのぼのと笑いあい、ゆっくりと歩いている様子だ。

「彼女かなあ。いい感じ」

啓太くんは、芙美さんが娘同然だという幸喜子《さきこ》さんの子どもで、高校一年生になる。ときどきこの超個性的な芙美さんが店主の〝軽食ブルーリボン〟に親子で食事に来てくれるが、真面目《まじめ》でやさしい、いい子だ。

「嬉《うれ》しい、あたし」

芙美さんが鼻をかんだティッシュで、涙で濡《ぬ》れた頬を拭《ぬぐ》う。

「そんなに喜ぶことですか？　彼、イケメンだし優しいし、女の子が放っておかないでしょう」

啓太くんはしゅっと背が高くて、整った顔立ちをしている。頼りがいのある性格で、勉強もできるという話だ。彼女のひとりくらい、いてもおかしくない。

「そうじゃ、ないのよ。何だか、昔を思い出しちゃって。りゅうと幸喜子も、昔ああして歩いてたのよねえ」

　ああ、と口の中で答えた。童顔で可愛《かわい》らしい顔立ちの幸喜子さんと、啓太くんはあまり似ていない。幸喜子さんと芙美さんは口を揃《そろ》えて「父親似！」だと言う。りゅう、という名のそのひとは、イケメンだったのだろうと想像できる。

「あの子たちは、周りを気にして歩いてた。威嚇《いかく》して、威嚇して。なーんにも、悪くないのに」

　ブジィィン！　今度は鼻をかんで、それから芙美さんはやさしく微笑《ほほえ》んだ。

「過去が恋しいこともあるけど、でも未来って素敵よね。あのときどうしても手に入れられなかったものと、こんなかたちで出会えるんですものねえ」

　そうですねえ、と答えて、壁に飾られた写真に視線を流す。小さな赤ちゃんを抱っこして笑う芙美さんと、その隣でやさしく微笑む女性がいた。

＊

　風呂《ふろ》から上がって居間に入ると、さっちゃん――母親と呼ばれるのを嫌がる、オレの実の母親が興奮していた。

「啓太、啓太！　これ、これどうしたの！」

　さっちゃんが指さしているのは、制服のポケットからテーブルに出していたガムだった。

「ああ、コンビニで『復刻版』とかポップがついてて、やけに目に付いたから買った。すっげえ甘ったるいんだよ、それ。なに、知ってんの？」

訊くと、さっちゃんはとても大切なものに触れるようにガムを取り、「すごくすごく、知ってる」と言った。

「生産中止になったって知ったとき、すごく哀《かな》しかったんだ。もう永遠に食べられないかと思ってた」

「大げさだなー。いるならやるよ。オレ、もうじゅうぶん」

さっちゃんは「いいの？　ありがとう」と嬉しそうに言い、それから一枚を取り出して口に入れた。

それからさっちゃんは、じっくり味わいたいとばかりに目を閉じた。ゆっくりと咀嚼《そしゃく》し始める。そこまでのもんかねえ、とオレはガムの黄色い包み紙を取り上げる。ごく普通の、甘さの強いガムだけどな。

しばらくして、ふう、とさっちゃんが息を吐いた。もう一度ふうと吐いてから、うふふと笑う。

「なんだよ、気持ち悪いなあ」

「ごめんごめん。でも、この匂いが好きなの」

目を開けたさっちゃんが照れたように言う。この匂いは、私のしあわせの匂いなんだ。その顔は嬉しそうで、そしてやさしい顔をしていた。ああ、この顔は知ってる。オレのワケアリのオヤジ殿を思い出してるときの顔だ。現在行方不明、一度も会ったことのないオヤジ殿は、きっと碌《ろく》でもない男だと思うのだが、しかしさっちゃんをいまでもしあわせそうに笑わせるんだから、すげえ男でもあるのだろう。

そしてふと気付いた。同じようなことをつい最近聞きやしなかったか。ああそうだ、石田だ。そういえばいまのさっちゃんの顔は、しあわせの匂いと言って笑った石田の顔に、とても似ている。

石田も、このガムを噛むとオレを思い出したりするのだろうか。こんな風に笑うのだろうか。

どきりとして、いやいまのどきりは何だと焦る。石田にどきりどきりしているというのか。ばかな。

ただ、石田にメールしてみようと思った。明日の朝、駅前に八時な。どんな返事が来るだろう。

ガムを一枚取り出して、甘い匂いを思い切り吸い込んだ。

初出一覧

「くろい豆」　小説新潮　二〇一四年三月号

「消えもの」　小説新潮　二〇一九年三月号

「居酒屋むじな」　小説新潮　二〇一八年五月号

「サクラ」　小説新潮　二〇一四年三月号

「アドバンテージ　フォー」　小説新潮　二〇一四年六月号

（単行本『かけらのかたち』収録）

「ほねのおかし」　小説新潮　二〇一四年三月号

「フレッシュガム」　書きおろし

千早茜著

あとかた

島清恋愛文学賞受賞

男は、どれほどの孤独に蝕まれていたのだろう。そして、わたしは――。鏤《ちりば》められた昏い影の欠片が温かな光を放つ、恋愛連作短編集。

千早茜著

クローゼット

男性恐怖症の洋服補修士の纏子、男だけど女性服が好きなデパート店員の芳。服飾美術館を舞台に、洋服と、心の傷みに寄り添う物語。

田中兆子著

甘いお菓子は食べません

頼む、僕はもうセックスしたくないんだ。仲の良い夫に突然告げられた武子。中途半端な〈40代〉をもがきながら生きる、鮮烈な六編。

柚木麻子著

私にふさわしいホテル

元アイドルと同時に受賞したばっかりに……。文学史上もっとも不遇な新人作家・加代子が、ついに逆襲を決意する！　実録(!?)文壇小説。

柚木麻子著

本屋さんのダイアナ

私の名は、大穴《ダイアナ》。最悪な名前も金髪もはしばみ色の瞳も大嫌いだった。あの子に出会うまでは。最強のガール・ミーツ・ガール小説！

柚木麻子著

BUTTER

男の金と命を次々に狙い、逮捕された梶井真奈子。週刊誌記者の里佳は面会の度、彼女の言動に翻弄される。各紙絶賛の社会派長編！

彩瀬まる著

あのひとは蜘蛛を潰せない

28歳。恋をし、実家を出た。母の〝正しさ〟からも、離れたい。「かわいそう」を抱えて生きる人々の、狡さも弱さも余さず描く物語。

彩瀬まる著

暗い夜、星を数えて

—3・11被災鉄道からの脱出—

遺書は書けなかった。いやだった。どうしても、どうしても——。東日本大震災に遭遇した作家が伝える、極限のルポルタージュ。

彩瀬まる著

朝が来るまでそばにいる

「ごめんなさい。また生まれてきます」——生も死も、夢も現も飛び越えて、すべての傷みを光で包み、こころを救う物語。

町田そのこ著

コンビニ兄弟

—テンダネス門司港こがね村店—

魔性のフェロモンを持つ名物コンビニ店長（と兄）の元には、今日も悩みを抱えた人たちがやってくる。心温まるお仕事小説登場。

町田そのこ著

夜空に泳ぐチョコレートグラミー

R-18文学賞大賞受賞

大胆な仕掛けに満ちた「カメルーンの青い魚」他、どんな場所でも生きると決めた人々の強さをしなやかに描く五編の連作短編集。

秋吉理香子著

鏡じかけの夢

その鏡は、願いを叶える。心に秘めた黒い欲望が膨れ上がり、残酷な運命が待ち受ける。『暗黒女子』著者による究極のイヤミス連作。

恩田陸著

夜のピクニック

吉川英治文学新人賞・本屋大賞受賞

小さな賭けを胸に秘め、貴子は高校生活最後のイベント歩行祭にのぞむ。誰にも言えない秘密を清算するために。永遠普遍の青春小説。

小川糸著

あつあつを召し上がれ

恋人との最後の食事、今は亡き母にならったみそ汁のつくり方……。ほろ苦くて温かな、忘れられない食卓をめぐる七つの物語。

小川糸著

サーカスの夜に

ひとりぼっちの少年はサーカス団に飛び込んだ。誇り高き流れ者たちと美味しい残り物料理に支えられ、少年は人生の意味を探し出す。

川上弘美著

パスタマシーンの幽霊

恋する女の準備は様々。丈夫な奥歯に、煎餅の空き箱、不実な男の誘いに喜ばぬ強い心。女たちを振り回す恋の不思議を慈しむ22篇。

角田光代著

平凡

結婚、仕事、不意の事故。あのとき違う道を選んでいたら……。人生の「もし」を夢想する人々を愛情込めてみつめる六つの物語。

桐野夏生著

ナニカアル

島清恋愛文学賞・読売文学賞受賞

「どこにも楽園なんてないんだ」。戦争が愛人との関係を歪めてゆく。林芙美子が熱帯で覗き込んだ恋の闇。桐野夏生の新たな代表作。

谷 瑞恵 著

額装師の祈り
奥野夏樹のデザインノート

婚約者を喪った額装師・奥野夏樹。彼女の元へ集う風変わりな依頼品に込められた秘密とは何か。傷ついた心に寄り添う五編の連作集。

似鳥鶏・友井羊・彩瀬まる・芦沢央・島田荘司 著

鍵のかかった部屋
―5つの密室―

密室がある。糸を使って外から鍵を閉めただ――。同じトリックを主題に生まれた5種5様のミステリ！ 豪華競作アンソロジー。

恩田陸・芦沢央・海猫沢めろん・織守きょうや・さやか・小林泰三・澤村伊智・前川知大・北村薫 著

だから見るなといったのに
―九つの奇妙な物語―

背筋も凍る怪談から、不思議と魅惑に満ちた奇譚まで。恩田陸、北村薫ら実力派作家九人が競作する、恐怖と戦慄のアンソロジー。

恩田陸・阿部智里・宇佐美まこと・彩藤アザミ・澤村伊智・清水朔・あさのあつこ・長江俊和 著

あなたの後ろにいるだれか
―眠れぬ夜の八つの物語―

恩田陸の学園ホラー、阿部智里の奇妙な怪談、澤村伊智の不気味な都市伝説……人気作家が競作、多彩な恐怖を体感できるアンソロジー。

河端ジュン一 著

顔のない天才 文豪とアルケミスト ノベライズ
―case 芥川龍之介―

自著『地獄変』へ潜書することになった芥川龍之介に突きつけられた己の〝罪〟とは。「文豪とアルケミスト」公式ノベライズ第一弾。

矢野隆 著

不終《おわらず》の怪談 文豪とアルケミスト ノベライズ
―case 小泉八雲―

自著『怪談』に潜書した小泉八雲は終わりの見えない怪異へと巻き込まれていく。「文豪とアルケミスト」公式ノベライズ第二弾。

デザイン　鈴木久美

あなたとなら食《た》べてもいい

食のある７つの風景

新潮文庫　し－21－106

令和三年十一月一日発行

著者　千早茜　遠藤彩見　田中兆子　神田茜　深沢潮　柚木麻子　町田そのこ

発行者　佐藤隆信

発行所　株式会社新潮社

郵便番号　一六二―八七一一
東京都新宿区矢来町七一
電話　編集部(〇三)三二六六―五四四〇
　　　読者係(〇三)三二六六―五一一一
https://www.shinchosha.co.jp

価格はカバーに表示してあります。

印刷・錦明印刷株式会社　製本・錦明印刷株式会社

ISBN978-4-10-180226-8　C0193